一生に一度の「好き」を、永遠に君へ。

miNato

JN031790

STARTS
スターツ出版株式会社

人はいつか死ぬ。
それは明日かもしれないし、数十年後かもしれない。
誰にもわからないけれど、運命ってやつには逆らえない。
私の場合——。
それが少し早いってだけ。
それなら好きなことをして生きてみたい。
悔《く》いのないように精いっぱい生きたい。

目次

一生に一度の「好き」を、永遠に君へ。

Heart＊1

思わぬ再会

桜の季節がやってきた。

ひらひらとピンク色の花びらが舞う校門の前をゆっくりと歩く。

数日前まで満開だった桜はずいぶん散ってしまったけど、それでも今年の桜は長く咲いていたほうらしい。

入学式を終えて五日目の朝。

体調が優れず、入学式が始まって三日目からの登校になってしまった。

学生たちでにぎわう校舎の中は、朝からこれでもかというくらい活気づいている。

一階の廊下の真ん中辺りにある教室のドアの前までくると、胸に手を当てて深く息を吸う。

大丈夫、私は大丈夫。

何度も自分にそう言い聞かせ、意を決してドアを開けた。

誰もこっちを見ず、まるで幽霊《ゆうれい》にでもなった気分。

新学期が始まって三日目に登校した私は、完全に出遅れてしまった。教室内では同じ系統の人たちが集まり、あちこちでそれぞれの輪ができている。

ひとりぼっちの私を見かねて声をかけてくれた人もいるけど、すでにできあがったグループの中ではわからない話題も多くて、うまく溶け込むことができなかった。

人付き合いは苦手じゃないけど得意でもない。平々凡々な私はどちらかというとおとなしくて控えめなタイプに入るだろう。

新生活がスタートし、いまだに教室に入るのさえ緊張している。

私の席は教室の窓際の一番うしろ。

席に着いて鞄の中身を机にしまいながら、小さく息を吐き出す。

「鳳《おおとり》くん、今日も来ないのかな？」

「風邪だっけ？　一度も来てないよね」

「どうしちゃったんだろう」

「早く会いた～い」

きゃあきゃあと騒ぐ女子たちの楽しそうな声がする。

鳳くんというのはどうやら私の席の前に座る男子のことらしく、私が登校した日から毎日のように女子たちの間で噂になっている。

きっと私が休んでいた間も話題になっていたんだろう。しかし、そこまで騒がれるとはどんな人なのかちょっと気になる。

「鳳くんと同じクラスなんてうれしすぎるっ！」

「だよね！」

「あー、早く会いたいなぁ！」

そう言いながら感極まっている女子もいて、ビックリしてしまった。

どうやら鳳くんという人は相当な人気者らしい。

チャイムが鳴るまでにまだ時間があったので、教室を出てひと気のないほうへと進む。

その途中で、前から歩いてきた派手な茶髪の女の子にぶつかった。

「ごめんなさいっ」

ペコッと頭を下げる。

「こっちこそごめん」

同じクラスの早瀬《はやせ》さんだ。彼女は飄々《ひょうひょう》としていて、人と馴れ合ってる姿を見たことがない。

すごくおとなしいけど、モデル体型の目を引く美人で存在感が半端ない。

この学校は校則がゆるくて、髪の毛を染めてピアスをしたり、制服を着崩したりしている派手な人が多い。

それでも偏差値はそこそこ高くて、受験前は塾に通って必死に勉強をがんばった。

この高校を選んだ理由は、家から一番近くて駅からもすぐという利便性だけ。

少し離れた高校もあったけど、私になにかあったときにすぐに駆けつけられないからと、お父さんが許してくれなかった。

「じゃあ、あたし先生に呼ばれてるから！」

「あ、うん！」

早瀬さんが廊下をパタパタと走り去った。

いい天気だなぁ。

窓からは暖かそうな日が差して、どこまでも澄んだクリアな水色の空を見ていたら、太陽の光をより近くで感じてみたくなった。

「わー、屋上だ～！　鍵開いてる」

ラッキー！

思わず独り言がこぼれる。

入れないだろうと思ってやってきた屋上だったけど、鍵が開いてたのでそのまま外に出た。

手を伸ばしても届かないフェンスの前まで来ると、上からは校庭が見渡せるようになっている。

「桜の木もバッチリ見えるじゃん！」

そよそよと風に吹かれて揺れる桜の木。目を閉じると、葉っぱのこすれる音がより近くに感じられた。

おまけにポカポカして最高に気持ちいい。

誰もいなくて静かだし、いいとこ見つけちゃった。

フェンスにもたれて足を伸ばして座ると、再び目を閉じる。風が吹いて下ろした髪の毛が横になびいた。

五分くらいボーッとしていると、ふとどこかから誰かの声が聞こえてきた。

声というよりも……歌？

誰かが歌ってる。

それも、どこか聞き覚えのある癒やし系の声。小さく口ずさむような感じだけど、透き通っていて胸にスーッと入ってくる。

まさか、ね。

ふと浮かんだ顔を、頭を左右に振って打ち消す。

辺りをキョロキョロしてみるけれど誰の姿も見えない。それどころか、フェンスの向こうから聞こえているような……。

見下ろそうとしても、当然見えるはずもなく。

でも、だって、この下にあるのは教室だよね……？

屋上のすぐ下の四階には、たしか化学実験室や多目的ホール、音楽室があったはず。

完全に好奇心。

恐る恐る屋上から四階に下りた私は、ドキドキしながらその声の主を探す。

口ずさんでいる歌の曲名はわからないけど、ゆったりしたバラードのようで、感覚的になんとなく好きだと思った。

廊下のつき当たり、そこは音楽室で、近づいていくとだんだんとその声が大きくなってきて、次第にはっきり聞こえるようになった。

うしろのドアからそっと中をうかがうと、窓際にひとりの人が立っていた。

窓のほうを向いてるから顔はわからないけど、背が高くてスタイルがいい。

窓から入ってくる爽やかな風が、その人の黒髪を揺らした。

ゆっくりとこっちを振り返るその姿に、目を奪われたまま身動きができない。

意志の強そうなまっすぐな瞳と完璧に整った顔立ち、どこか気ダルげな表情で人を寄せつけない冷たいオーラ。

「嘘……なんで」

なんとなく聞き覚えのある声だと思ったのも顔を見て納得した。

もう会うことはないだろうと思っていた。

それなのに……こんなことって。

驚きで戸惑っている私をよそに、目の前の人はこっちへと歩いてくる。表情は険しくて、眉間にはシワが寄っている。

わ、ど、どうしよう。

そう思っているうちに目の前のドアが勢いよく開いた。

「コソコソ隠れてなにやってんだよ」

ヒヤリとするほど冷たい視線。透き通るような低音ボイスに、明らかに私を敵対視しているような顔。

「え、いや、あの」

とっさにうつむいてしまった私は、彼の……咲《さく》の足もとに視線を落とす。

ど、どうしよう。

私はすぐにわかったけど、咲は私のこと覚えてるわけないよね。

たった数週間前の出来事だけど、私には刺激的すぎてつい昨日のことのように思い出せる。

輝く世界

会場内にズンズンズンと大きく響く重低音。暗闇の中、スポットライトを浴びる彼らは、私の目にはキラキラとまぶしい。

現実だけど、別の世界にきたような感覚。

チケットの半券を握りしめながら、涙で滲《にじ》む視界を腕で拭った。

ぎゅうぎゅうに詰まったフロアの中、一番うしろの隅っこで目深《まぶか》にかぶった帽子を脱ぎもせず、彼らを眺めている私は間違いなくこの場に不似合いだ。

だけど今は、今だけは、そんな私に注目する人は誰もいない。

握りしめた拳《こぶし》が震えて、気づくとひと筋の涙が頬《ほお》を伝っていた。

これが生きてるっていうことなのかな。

間違いなく、私は生きている。

生きてちゃんとこの場に立っているんだ。


「咲くーん！　こっち向いて～！」

「ヤバい、ホントカッコいいんだけどっ！」

近くにいた女の子たちが、誰のことかわからないメンバーの名前を呼んできゃあきゃあ盛り上がっている。

今演奏している四人組は、ほかのグループに比べて、奏でる音の質自体が全然違う。さっきまでは、うるさいだけの耳が痛くなるような音楽ばかりだったけれど、最初のイントロから流れるように自然にスッと耳に入ってきた。

クラクラするほどの熱気と、彼らによって命を吹き込まれた音楽が全身に痛いほどぶつかってくる。

心が震えて、ジーンとする。感動。この気持ちに名前をつけるのなら、きっとそれ以外にありえない。

「ギターボーカルカッコよすぎ〜！」

「歌声ヤバいわ。惚れる……！」

「咲くーん！」

どこまでものびやかで、ずっと聴いていたくなるような、不思議な力をもった声。しっとりとしたバラードも、パワフルな曲も難なく歌って多くの観客を惹《ひ》きつけて魅了する。

目を閉じると浮かんでくる光景に胸が締めつけられて苦しい。心臓が痛くて思わず左胸に手を当てた。

良かった……。

ちゃんと、動いてる。

私は生まれつきお母さんから受け継いだ拡張型心筋症《かくちょうがたしんきんしょう》を患《わずら》っていて、小さい頃から何度も手術を繰り返してきた。

『大丈夫だ、葵《あおい》の病気は絶対に治る』

お父さんは小さい頃から私にそう言いきかせ、私もそれを疑うことなく信じていた。

それなのに、ドナーがいなきゃ二十歳まで生きられるかわからないって……。

主治医とお父さんの会話を偶然耳にしてしまい、知ってしまった衝撃の事実。

私はお母さんと同じように死んじゃうの？

『絶対に治る』

お父さんはいつも言っていたけれど、この世に絶対なんてものはない。

いつか止まってしまう私の心臓。それが、ほんのちょっと、他の人より早いだけ。

どうせいつかはみんな死ぬんだ。

頭ではわかってるけど受け入れられない。

じんわりと涙が浮かんで、私はそれをまた指でぬぐった。


「はぁ」

これから、どうしよう……。

ライブ終了後、夜の繁華街をあてもなく歩く。

スニーカーに薄手のグレーのパーカー、濃いめのジーンズをはいて、ツバのある帽子を目深にかぶった地味な私は、すれ違う人たちの視線をさけながら歩き続けた。

時刻は二十二時半。こんなに遅い時間に出歩くのは初めてで、それだけで悪いことをしているような気分。

道行く人はみんな笑っていて、とても楽しそうだ。あの人も、この人も、あっちの人も、みんな幸せそう。

いいなぁ、なんて感傷にひたってみる。

なんだかもう、全部がどうでもよくなっちゃった。

治療をがんばっても意味がないなら、もうなにもしたくない。

改めて周りを見回すと、遠くのほうに黒い人影が見えたような気がした。目を凝《こ》らしてみると、それは徐々にこっちに近づいてきているようだ。

見覚えのあるスーツ姿の男性。

ヤバい、今は会いたくないから逃げなきゃ！

「はぁはぁ……！」

人混みをかき分けて、反対方向へとにかく全速力で駆け抜けた。

む、胸が、苦しい……。

ドクドクと鼓動が大きくなっていく。

走っちゃダメなのに、走っているせいだ。

細い路地は真っ暗で足もとも悪く、何度も足がもつれて転びそうになった。腕を振って、足を前に踏み出して、うしろから聞こえてくる足音に耳を澄ませる。

「待ちなさいっ！」

まずい。

まだ追ってきてる。

うしろから足音が聞こえるので、振り返らなくてもわかる。振り返ったら負けるということが。

逃げ切るには、とにかく前だけを見て走るしかない。

「はぁはぁ……！　く、くるし……っ」

つかまったらこの自由な時間が終わって、現実と向き合わなきゃならなくなる。

そう自分に言い聞かせ、私はただひたすらに、どこまでも続く細い路地を走った。

走っていると細い脇道を見つけた。

古い建物の外壁にぶつかりながら、なんとか進むけど、身体が擦れてところどころ痛い。

それでも絶対につかまりたくはないから、必死に前に進んだ。

なんとか開けた道まで出ると、あたりはシーンと静まり返り、さっきまで聞こえていたはずの足音が聞こえなくなった。

どうやら大きな建物の裏側にたどり着いたらしい。

「はぁ、もう……ダメ」

さっきまで全速力で走っていたせいで、体力が限界を超えている。

とりあえず、少し休んでから、ここを離れよう。

背中を壁に預けて、ズルズルとその場に座り込む。一気に力が抜けて、疲れがドッと押し寄せてきた。

まだコートが手放せない季節なのに、尋常じゃないほどの汗が出て止まらない。

――ガチャ。

突然、背もたれにしていたはずの壁が音を立てたと同時に背中に強い衝撃が走った。

「きゃあ」

壁だと思っていたそこは、どうやら建物の裏口の扉だったようで、中から誰かの声が聞こえた。

「うわっ、なんだ」

「どうした？」

「いやぁ、ドアがなんかに当たったっぽい」

「は？」

扉の奥で繰り広げられる会話を背に、痛さに顔をしかめる。

思いっきり背中を直撃した扉のせいですぐには身動きが取れなかった。

「え？　お、女の子……？」

背後から男の人が出てきたのが気配でわかった。私は逃げることもできず、目だけで彼らを見上げる。薄暗いせいか顔はぼんやりとしか見えなかった。

「きみ、そんなとこで何してんの？」

地面に座り込む私の前に、ふたりの男の人がマジマジと顔を覗《のぞ》き込んでくる。

そのとき、ふと足音が聞こえた気がした。

ヤバい。

ここにいたら、確実に見つかってしまう。

私は力を振り絞って、立ち上がると目の前の男の人の腕を片方ずつ脇に抱えた。

「え？」

「うおっ」

戸惑う声を無視して、迷わずに扉の中へと飛び込んだ。

そして勢いよく扉を閉めて、ガチャリと鍵までかける。

心臓がバクバク高鳴って、見つかるんじゃないかとヒヤヒヤした。

耳を澄ましてみたけど、扉を閉めたせいなのか、外からはなんの音も聞こえてこない。

とにかくやり過ごせますように……。

「なんだよ、いきなり。つーか、きみ誰？」

逃げることだけに無我夢中だった私は、ぶっきらぼうなその声にハッとして恐る恐る振り返る。

広々とした個室に四人の男の人がいて、私はとっさに頭を下げた。

「す、すみません……っ！　少ししたら出ていきますので、しばらく隠れさせてください。お願いします……！」

足がガクガク震える。初対面なのにこんなことをお願いするなんて、失礼にもほどがある。

だけどこれは私にとって一大事なのだ。

「迷惑だってことは、百も承知です。でも、どうか、お願いしますっ！」

深く深く頭を下げる。こうでもしなきゃ、わかってもらえない。

なんとも言えないシーンとした空気に、顔は見えないけど、困り果てているのが伝わってくる。

「わけわかんねー女だな。ストーカーか？」

「おいおい、おまえ口のきき方」

「とりあえずさ、顔上げてよ。そんなにビクビクしなくていいから」

そう言われてゆっくり顔を上げると、そこにはひとりを除いてにこやかな顔があった。

「どうか、お願いしますっ！」

「いいよ、本気で困ってるっぽいし」

「は？　なんでこんなヤツを受け入れるわけ？」

「まぁまぁ、困ったときはお互い様だって言うだろ。そうカリカリすんなよ、咲ちゃん」

「誰が咲ちゃんだ、誰が。ガキ扱いするんじゃねー！」

「はいはい、ムキになっちゃって。お子ちゃまだな」

「えっと、きみ、とりあえずこっちに座りなよ」

「いや、床で十分だろ」

フンと悪態をつく彼は、まるでつくり物のように整った顔立ちをしている。彼にはどうやら迷惑がられてしまっているのか、値踏みするような鋭い視線を向けられて、思わず肩が縮こまった。

「す、すみません、少ししたらすぐに出ていくので」

「だったら今すぐ出ていけよ」

「咲っ。おまえ、少しは女の子に優しくしろよ。これだから女嫌いは」

「ふん、見ず知らずの女に優しくする必要はないだろ」

咲と呼ばれた人の声にどことなく聞き覚えがあった。

その名前も、さっきどこかで聞いたような気がする。

咲、咲、咲……。

「あっ」

こうやって近くで見ると、全員がさまざまなタイプの整った顔立ちをしている。

誰もが目立っていて、人の目を引く独特のオーラを放っていた。

「どうしたの？」

「なんかあったか？」

「さっき、ライブ観てました……！」

ここに入ってきたときに気づくべきだったんだ。ここが演奏会場だということに。

よく見ると楽器ケースやスタンドマイクが置いてあって、どうやらここは控え室のようだ。

そして彼らはさっき演奏していたグループ。

「マジ？　観てくれてたんだ？」

「はい！」

感動して泣いてしまったけど、なんとなくそれを言うのは恥ずかしい。

「見ろ、やっぱりストーカーじゃねーか！」

「咲、おまえはまたそんなこと言って」

敵意まるだしの彼は、鋭く私をにらんでくる。

「兄貴は甘すぎるんだよっ」

「たしかに類《るい》は優しすぎるよな」

咲のお兄さん、類さんは全体的に優しい雰囲気をまとっていて穏やかに見える。

一方、咲は感情まかせに突っ走るタイプで、クールで無愛想。ストーカーだと決めつけてかかってくるところは、いかにも頑固で融通がきかなそう。

こうだと思ったら自分の意見は曲げないで無理にでも押し通すような、傍若無人《ぼうじゃくぶじん》さがうかがえる。

トゲトゲしく鋭いオーラを放っており、最初から私を疑うような目つきで見ているし、失礼なヤツだ。

「で、どうだったんだよ？」

「え……？」

咲はムッとしながらも私にそんなことを聞いてきた。

「俺らのライブ、どうだったかって聞いてんの」

「え、あ、ライブ……すごく良かったですっ！」

「当然だろ、そんなの。ほかにもっとなんかねーのかよ」

「あ、う、えと。あの、なにか……そう、ですね。メロディがとても優しいと思いました。まるで歌声に合わせにいってるみたいで、惹きつけられたというか。とにかくみなさん、優しかったです！」

さっきの感動が蘇《よみがえ》って、心の奥がジンとした。自分が窮地《きゅうち》に立たされているというのに、この状況で笑えることにビックリする。

だけど、それほど良かったってことだから。

「優しい、か。なるほど、それは的《まと》を得てるな。咲には今日たまたまピンチヒッターで入ってもらっただけだから」

類さんが優しく私に教えてくれた。

「練習もほとんどできなかったし、ぶっつけ本番だったから、咲をかばってんのが無意識に音に出ちゃったんだな」

「俺が音に合わせてやってたんだよ」

咲にギロッとにらまれて、私の心が悲鳴をあげそうになる。自分をもっているというか、一本の太いブレない芯が通っているような力強い人。

大きな野望を秘めたそんな目をしている。

メンバーの中で咲だけは異質なオーラを放っていて、さらには私に敵意まるだしだから、仲よくなれそうな気がしない。

「ところで、きみ、名前は？」

類さんが目を細めた。

「葵です。申し遅れました！」

「葵ちゃんか。よし、覚えた。ま、咲のことは気にせずに、ゆっくりくつろいでいってね。座って座って」

「あ、ありがとう、ございます……」

ペコリと頭を下げて近くにあったパイプ椅子に座った。

「葵ちゃんはこの辺に住んでるの？」

類さんは私を気にかけてくれているのか、パイプ椅子に腰かけながら笑顔を向けてくる。

「は、はい。すごく近くってわけじゃないですけど」

「へえ。中学生？」

「先日、卒業したところです」

「じゃあ、咲と一緒だ」

「えっ！」

私は思わず椅子から立ち上がった。

「こいつ、体格いいから高校生っぽく見えるかもだけど、実はまだ幼いんだよ。ちなみに咲以外全員大学生」

「そ、そうなんですか」

どうりで大人っぽいはずだ。

でも咲が私と同じ年齢だったなんて一番ビックリだよ。

みんなからお子ちゃまって言われてた理由がようやくわかった。

「なんだよ？」

「いえ、べつに」

年齢を言われてから改めて観察すると、態度や言動が子どもっぽい気がしないでもない。

私に向かって舌打ちした咲は、プイと顔をそむけてスマホの画面を凝視する。

伏せた目から長いまつ毛が伸びていて、これでもう少し愛想があれば、言うことないんだけど。

肩身のせまい私にそんなこと言えるわけないけど、それでも初対面の相手にここまで敵意を向けてくるってことは相当な警戒心の持ち主なんだろう。

「ごめんね、こいつ、態度が悪くて。性格は難ありでも、この容姿だろー？　女の子からモテまくりの中学校生活を送ってるうちに、すっかり女嫌いになっちゃってさ」

「おい、よけいなこと言うなよ」

「ホントのことだろ。熱狂的なファンの子にストーカーまがいのことされたり、いたるところで待ちぶせされて何度も告《こく》られたり、よく私物がなくなったりして、大変だったじゃん」

類さんはどうやら咲のことを心配しているようだった。冗談っぽく笑って話しているけど、目は真剣だ。弟を想う兄って感じ。

咲は終始ふくれっ面《つら》で、そんな類さんの心の内なんてつゆ知らずというように、そっぽを向いている。

それにしても、そんなにモテるんだ……？

私は改めて室内をぐるりと見回した。

片側の全面が鏡張りで、そこには冴《さ》えない自分の姿が映っている。さっき細い道を通ったせいで、グレーのパーカーがところどころ汚れていた。

知らない間に顔も汚れていて、パーカーの袖でそれをぬぐう。

血色の悪い青白い顔に、やせ細った身体。

どこにでもいるような平凡な私は、この中ではすごく浮いてしまっている。

なにをやってるんだろう。

なにがしたいんだろう。

こんなことをしたって、なにも解決しないのはわかってる。

だけど考えても虚しくなるだけだから、考えるのはやめよう。とにかく今はこれからのことを考えなきゃいけない。

これからのこと、これからの……。

「で、おまえはどうすんの？」

「へっ……？」

咲の鋭い声が私に向けられているのはすぐに理解できた。でも、言われてる意味がわからない。

咲は腕組みしながらまっすぐに私を見ている。思わず怯《ひる》んでしまうような冷たい眼差し。なんとなくだけれど、咲の瞳は苦手だと思った。あまりにも強くて引き込まれそうになるから。

「あ、えと、ごめん。ボーッとしてた」

「もう誰もいねーけど、おまえはいつになったら出てくわけ？」

「え？」

誰もいない……？

そんなはずは……。

周りを見てハッとする。

さっきまでたしかに類さんたちがいたはずなのに、今この空間には私と咲の姿しかない。

「なんでって、さっき機材を運ぶのに出ていっただろ。見てなかったのかよ？」

「考えごとしてたから、気づかなかった……」

「なんだよ、それ」

チッと、また舌打ちされてしまった。

もう外に出ても大丈夫かな。ずいぶん時間が経ったような気がするけど。

「あ、あの、あなたは……帰らないの？」

「は？　俺？」

「だ、だって、類さんと兄弟なんですよね……？」

一緒に帰ったりしないの？

「あいつ、俺におまえのこと見てやれっつって帰ったから」

「え？」

あいつ？

「類が」

類さんが？

「本気で困ってるみたいだし？」

「え、あ」

それはごもっともなんだけど、なんだろう。咲からさっきまでのトゲトゲしさが抜けている。

急にどうしたんだろう。

「さっきのおまえ、周りが見えないくらい困ってるっぽかったし」

「あ、はは。まぁ、そうですね」

「同い年なんだろ？」

「え？」

「だったら、その敬語やめろ。むずがゆいんだよ、敬語で話されると」

「あ、はい……じゃなくて、うん！」

さっきよりも咲との会話が成り立っていることに、ホッとする。

「おまえ、ワケアリなんだろ？」

「葵……」

「え？」

不機嫌そうに歪《ゆが》む咲の表情。

「葵だよ、私の名前。おまえって呼ばれるのは、好きじゃない」

「ち、めんどくせーな」

そう悪態をつきながら、咲は律儀にも「葵」と言い直した。

「これからどうするんだよ？」

咲は眉間《みけん》にシワを寄せて不愉快極まりない態度だけど、そんなことを聞いてくるってことは、案外面倒見がいいのかもしれない。

「まぁ……なんとかなるような？　あんまり考えてない……」

「なんで疑問形？　考えてないって……。つーか、なんで裏口なんかにいたんだよ？」

「さぁ……？　忘れちゃった」

「忘れたって、おまえ……」

小さくため息を吐《つ》いたあと、咲はダルそうにひと言。

「かくまってくれたことは感謝してる。ありがとう」

「べつに、俺は賛成したわけじゃないし。そんなんでいちいち礼とかいらねー」

「ううん、助かったから……ありがとう」

さすがに失礼かと思って帽子を取って咲に笑顔を向ける。

すると、咲の大きな目がこれでもかってほど見開かれて、動揺するように揺れた。

「だ、だから、べつに礼なんかいらねーんだよ！」

ぶっきらぼうにそう言うと、咲はプイと顔をそらして私に背を向けた。

なんでだろ、耳が赤いような……。

お礼を言われることに慣れてないのかな？

こんな一面もあるだなんて、少し意外だった。

さっきまで咲にビクビクしていたはずなのに、変なの、苦手意識が薄らいだ気がする。

態度は悪いけど、私の心配をしてくれたりして、悪い人じゃないってわかったからかな。

「私ね……死ぬの」

「………」

ポカンとしたあどけない表情。咲はあからさまに目を瞬《しばた》かせた。

「うそ、冗談だよ！　ちょっと嫌なことがあったんだけど、咲の歌声聴いたら、感動して全部吹き飛んじゃった」

「え？　は？　冗談……って、変なこと言うなよ」

「ごめんごめん。咲の歌声がめちゃくちゃ良かったって話。実は、感動して泣いちゃったんだよね……あはは」

今でも心に残ってる透き通るような声が。一生懸命で、まっすぐで、私の心に響いたんだ。

私だけじゃない、あそこにいた誰もが咲の声と音楽に魅了されていた。

「やっぱわけわかんねーわ」

「ふふっ、それでもいいよ」

怪訝《けげん》な表情を浮かべる咲は、やれやれといった様子。

「……めんどくせ」

「ふふっ……あは」

「だから、なに笑ってんだよ」

「べつに、なにも」

「わけわかんねぇ」

お手上げだとでもいうように肩をすくめる咲。そしてもてあますほどの長い足を組み換え、ため息を吐く。

「あの、ホントにいろいろありがとう。私、咲の歌声だけは……なにがあっても絶対に忘れないから」

もう会えないかもしれないから、これだけは伝えておきたかった。

「は、大げさだな」

「ううん。勇気、もらえたから……！」

それだけでまたがんばってみようかなって、精いっぱい生きてみようかなって、ほんの少しだけそう思えたんだ。

「葵、か。変なヤツだな」

「名前、覚えてくれてありがと」

「単純な名前だからな」

「ふふ、そうだね。じゃあ、私、そろそろ行くね」

「……勝手にしろ」

「うん！　ありがとう」

そう言って立ち上がると、私は咲に深く頭を下げて来たときと同じ裏口から外に出た。

しばらく細い路地を歩くと大通りに出て、そこにはたくさんの人が行き来している。

「やっと見つけた」

そう聞こえたのと同時に肩に手を置かれ、ゆっくり振り返ると、そこにはスーツ姿のお父さん。

現実逃避したくて逃げていたけれど、終わった……。

さっきまで高揚していた気持ちが一気に氷点下にまで落ちていった。

＊＊＊

あれからずっと忘れたことなんてなかった、咲の歌声。

「きれいな、歌声だなと思って……」

「……………」

「いや、だから、きれいな歌声に誘われたの」

「なに言ってんだよ、おまえ」

バカじゃねーの、と語尾にでもつきそうなそんな口調。あの日も相当態度が悪かったけど、今日も無愛想ぶりは健在だ。

「また、おまえって言った……！」

パッと顔を上げてプクッと頬をふくらませる。背が高いから顔を真上に上げなきゃ咲の顔が見えない。

「おまえって言われるの、嫌いなんだけど」

「え？」

戸惑うように揺れる咲の真ん丸い瞳。見つめ合うこと数秒、咲がハッとしたように目を見開いた。

「まさか、あお、い？」

信じられないと言いたげに、吐き出されたその声。

「ふふっ、やっと気づいた？」

「なんでここにいるんだよ」

「なんでって、ここの生徒だからだよ」

矢継《やつ》ぎ早《ばや》に質問に答える私を、信じられないものでも見ているかのような眼差しで見つめてくる咲。

私はそんな咲にムッと唇をとがらせた。

「相変わらず失礼なヤツだよね」

「ここの生徒って……マジかよ」

「マジだけど。なに？　私がいたら都合が悪いの？」

「そんなこと言ってないだろ。あのときの変な女が、なんでここにいるのかってビッただけ」

落ち着きを取り戻したらしい咲は、憎たらしく悪態をつく。

「変な女って、ひどい……」

「コソコソ覗いてるから、ストーカーかと思うだろ」

「だ、誰が！　ストーカーなんてありえないからっ」

どうして決めつけてかかるしかできないかな。

そういうところ、どうかと思うけど。

気が強くて俺様だし、おまけにかなりの頑固者。そういえば前に女嫌いだって言ってたっけ。

だからこんなに態度が悪いの？

いや、嫌われてるのかな、私。

「じゃあ、私、教室に戻るね」

「待てよ……」

グイッ。

力強く腕をつかまれ、動きを止められる。ゴツゴツした男の子らしい手は当然だけど私のよりも遥かに大きくて、思わず胸が高鳴った。

「な、なに？」

「あ、いや、その」

さっきはあんなにハキハキしてたのに、どこかよそよそしくてはっきりしない。でも覚悟を決めたのか、咲は言いにくそうに口を開いた。

「大丈夫なのかよ？」

「え？　なにが？」

「なにがって……おまえ、じゃなくて葵が、前に大丈夫じゃなさそうな顔してただろ？」

「え、あ、前？」

もしかして、あの日のことを言ってるの？

あの日、理由も聞かずに突然逃げ込んできた私をかくまってくれて、すごく迷惑をかけてしまった。

不本意かもしれなかったけど咲は最後まで一緒にいてくれて、なにも言わずに出ていく私に理由を聞かなかった。

もしかして、心配してくれてたの……？

「誰かから逃げてたんだろ？」

「うん、でも、大丈夫だよ。心配してくれてありがと」

「ばっ、誰が心配なんかするかよ！」

咲は「バカじゃねーの」と言って、最後にはプイとそっぽを向いてしまった。

隠しているつもりなんだろうけど耳まで真っ赤。思わず笑ってしまいそうになったけど、口もとに手を当ててこらえる。

ただ素直じゃないだけで、かわいいところもあるんだ？

それに私の心配までしてくれていたなんて、なんだかその気持ちがとてもうれしい。

「あのとき、咲やみんながいてくれてほんとに助かった」

「俺はべつになんもしてねーよ」

「そんなことないよ」

最後まで一緒にいてくれて実はすごく心強かった、なんて言ったら、咲はまたそっぽを向いてしまうだろうから言わないでおく。

「みんなにもお礼言わなきゃ」

「俺から言っとくから、気にすんなって。いちいち律儀だな。」

「そう？　ごめんね」

「大丈夫だよ」

それを聞いてちょっとホッとした。だってやっぱり迷惑をかけちゃったわけだし。

ずっと気がかりだったから。

「ありがと。って、やばっ、もうホームルームが始まるじゃん」

教室に戻らなきゃ！

ふたりで音楽室を出ると、なぜか咲も私のあとを追ってきた。

まさかと思いつつも、同じ教室に入ってくる。

その瞬間、歓声にも似たどよめきが起こった。

「きゃあ！　鳳くんだ！」

「やばいっ、本物！」

「超イケメンじゃん」

みんなが私のうしろにいる咲に注目している。

お、鳳くんって……咲のことだったんだ。

「うざっ」

私だけに聞こえる声でそうつぶやくと、咲はざわつく声をスルーして席に着く。

これだけ女子たちから騒がれたらそう思うのも無理はないけど、口が悪すぎるんじゃないかな？

しかも咲は私の前の席だなんて、なんの因果だろう。これから大丈夫か、私。なんて、少し不安になる。

だけどその不安はすぐに消え去った。というよりも、不安に思うほど咲との接点はなく、教室でもほとんど会話はなかった。

一匹狼だと思っていた咲には意外と男友達が多くて、ひとり浮いているのは私だけ。

入学式から一週間が過ぎたけど教室にいづらくて、気づけば昼休みのたびに屋上に足を運んでいる。

今日もポカポカしてて、気持ちいいなぁ。

大の字で寝そべりながら、ぼんやりする時間はとても贅沢。

友達がいなくても、学校生活の中でこの瞬間だけはすごく癒やされる。

ガチャ。

「こんなところにいたのかよ」

屋上のドアが開いて咲がやってきた。太陽の光に目を細める顔まで整っているだなんて、どれほど完璧なんだろう。

毎日のように咲はアイドルかなにかと勘違いされているんじゃないかと思うほど、学校中の女子たちから注目を浴びている。

休み時間のたびに教室の前に人だかりができるほどの人気っぷりだ。

それでも本人はわずらわしいとしか思っていないらしく、そんな女子たちには目もくれない。

私は寝そべったまま咲の姿を捉えて、ゆっくり起き上がった。

「咲はなにしに来たの」

「面倒な女子から逃げてきた。教室にいるとやたら騒がれて迷惑なんだよ」

「モテる男はツラいね」

「その発言うざっ。葵こそ体育とかにも出てねーし、サボり魔なんだな。それにこんなところに無防備に寝転がって、バカじゃねーの」

咲は私の隣に腰をおろしながらそう悪態をつく。

「バカにバカって言ってなにが悪いんだよ」

「バカはよけいです、バカは」

ムッ。

まともに相手をしていたらキリがない。私は再び大の字に寝転んで空を見上げた。

体育の授業には、出たくても出られないんだよ。

激しい運動は心臓に負担がかかるからという理由で主治医から禁止されている。そのせいでいつも見学するしかないのだ。

きっとそういうところでも友達をつくる機会を逃していると思う。

だけどどうしようもないことだから、仕方ないと割り切るしかない。

「教室では静かだよな。前は迷惑なほど絡んできたのに」

きっと初めて会ったときのことを言ってるんだ。

いまだにそんなふうに言われるとは、案外根にもつタイプなのかな。

それでも言葉に冷たさは感じないから、本気でそう思っているわけではなさそうだけど。

「私、入学式休んじゃったんだよね。同じ中学の友達もいないし、今まさにアウェー状態なの」

「ふーん」

「うわぁ、すごく興味がなさそう」

「ま、葵だからな」

だからなんだというのか、咲の理論はよくわからない。

「無理に周りに合わせるとかできなさそうだし」

「失礼な、私にもそれくらいはできますともっ！　まぁ、できてないからぼっちなんだと言われたらそれまでなんだけど……っ」

「らしくないっつってんだよ」

「らしく、ない」

「べつに俺に合わせる必要もないし、葵らしく今のままでいれば？　入学してそんなにすぐに、本気で気の合うヤツなんか見つからないだろ」

咲も同じように足を伸ばし空を見上げている。

「な、なんだか咲がまともなことを言ってる！」

「は？　バカにしてんの？」

「違うよ、ビックリしてるの。ただの俺様じゃなかったんだね。なんだかちょっと見直しちゃった！」

一緒にいるこの状況がなんだか心地よい。

咲のその言葉にすごく救われた気がした。

「やっぱバカだな、葵は」

「だからバカはよけいだって！」

咲と話していたら、なんだかものすごく気が抜けた。教室では気を張って緊張していたのかもしれない。

咲にホッとさせられる日がくるなんて、出会ったときは思いもしなかった。

ちゃんと話してみてわかったけど、きっと咲は不器用なだけで、本当は優しい性格なんだ。

「めちゃくちゃ元気でた！　ありがとね！」

「ははっ、単純だな」

「さ、咲が笑った……！」

それもものすごく自然に。

「そりゃ笑うだろ」

「も、もう一回！」

「え？」

「もう一回笑って！　レアだから！」

咲はしばしキョトンとしていたけど、徐々に眉間にシワを寄せていった。

「面白くないのに笑えるかよ」

「なんだ、つまんないの」

プクッと頬をふくらませる。すると、咲の手が頬に伸びてきた。

ぷにっ。たとえるならそんな音。人差し指で頬を突かれた。

「なにするの」

「いい具合のふくれっ面だったから、つい」

「咲って女嫌いじゃなかったっけ？」

中学のときモテモテな学校生活を送ってたって、たしか演奏会場で初めて会った日にグループの誰かが言ってたよね。

「べつに」

「嘘。そう言ってたよ」

「嫌いっていうか、俺を見て騒ぐ女が苦手なだけ。最初は葵のこともそういうヤツだと思ったんだよ」

「ふふ、安心してよ。私はなにがあっても咲にきゃあきゃあ言ったりしないから」

いつまで生きられるかわからない私には人を好きになる資格なんてない。

「わかってるよ」

咲はわずかに頬をゆるめた。思わず見惚れてしまいそうになるほどのきれいな横顔。

こんな顔を見せてくれるってことは、少しは私への警戒心が薄れたのかな。

だとしたらちょっとうれしい。

「俺、先に教室に戻ってるから」

「あ、うん！」

「さっさと戻ってこいよ」

「わかった」

去っていく咲の背中を見送った。

私の勘違いかもしれないけど、もしかすると咲は私を心配してここまで来てくれたのかもしれない。

そのあと教室に戻る足取りは、ここへ来る前よりももっとずっと軽かった。


次の日も、その次の日も、咲は昼休みになると屋上に現れた。

「友達とすごさなくていいの？」

「教室だと落ち着かないからいいんだよ。何気にここ静かで気に入ってるし」

「あ、わかる。私もだよ」

「マネすんなよ」

こうして昼休みはなぜか一緒にいるようになったけど、特別なにか話をするわけではなく、むしろ会話がないことがほとんどだけれど、不思議と咲が隣にいると落ち着いた。

「ねぇねぇ、さっくん」

「誰がさっくんだ、誰が」

「ちょ、なにスネてんの」

「うっさい。二度とさっくんとか言うな、バカ」

「バカって言うほうがバカなんだよ」

「知ってるよ、でも葵はバカだ」

むっ。

ふたりでアスファルトの上に寝そべりながら、言い合いをする。何気ないこんな時間が楽しい。

転がりながらこっちに来た咲は、私の横で肘《ひじ》をついて上から私を見下ろした。その顔は不機嫌。

影が落ちてきたのと、距離が近いことに驚いたのは同時で、私は目を見開いた。

「な、なに？」

ドキンと高鳴る鼓動。近くで見れば見るほど、咲は整った顔をしていることがわかる。

「ぷっ、照れてんの？」

からかうような余裕の表情がムカつく。こんなヤツに赤くなってる私も、いったいなんなの。

「真っ赤なんですけど」

「う、うるさいなぁ……っ」

咲に背を向けて、ゴロンと寝返りを打った。まだ心臓がバクバクしてる。なにこれ、変なの。

そんな私の心情を見透かすように、背後からクスクス笑う声が聞こえて、私はますます振り返ることができなくなった。

初めての友達

命短し、恋せよ乙女。

電車の車内広告の端っこに書いてある一文から目が離せず、吊り革につかまりながらぼんやり眺めていた。

恋、ね。

私はまだ恋をしたことがない。一カ月の高校生活で友達もできない私に、恋なんてハードルが高すぎる。

最寄りの駅に着き、ロータリーに停まっている黒塗りの高級車を発見してため息をひとつ。

ズカズカ歩いて車に近寄る。

するとドアが開いて中から長身の男性が姿を現した。

「葵！」

「お父さんったら、迎えにこなくていいって言ってるじゃん。何度も言わせないでよ」

「そういうわけにはいかないよ。葵になにかあったらと思うと気が気じゃないんだ」

ＩＴ企業の代表取締役として働く四十代前半のお父さんは、年齢のわりに若く見えて、娘の私から見てもカッコいいし、身なりもちゃんとしていると思う。

そんなお父さんは私を生んですぐに亡くなったお母さんを、今も大切に想いながら生きている。お母さんの誕生日や結婚記念日を今でも忘れずにお祝いしているくらいだから、相当だよね。

お母さんが亡くなってから、お父さんは大切に私を育ててくれているんだけれど。大切にするがあまり、過保護が度を越えているというか、高校生になってから、たびたびこうして駅まで迎えにくることがあるのだ。

ほんとにやめてほしい、恥ずかしいから。

何度もやめてと言ってるのに、話が通じない頑固者。

私を心配する気持ちはわからなくもないけど、高校生にもなって親が迎えにくるってどうなのだろう。しかも駅から家までは、歩いて五分もかからないというのに。

「さあ、帰ろうか。葵」

「ま、待ち合わせしてるのっ！　とにかくお父さんひとりで帰って」

「待ち合わせ？」

お父さんが目をパチクリさせる。

どうしよう、とっさにそう言ったけどお父さんのことだから相手に挨拶をするとまで言い出しかねない。

もっとマシな言い訳をすればよかった。

思わず頭を抱えそうになったとき、

「神楽《かぐら》さん！　お待たせ！」

私とお父さんの間を縫うようにして明るい声が降ってきた。

えっ⁉

驚いたのはお父さんだけでなく、私もだ。待ち合わせなんて言ったけど、当然ながらその場しのぎの言い訳だったのだから。

「は、早瀬さん？」

「ほらほら、今日はパンケーキ食べにいく約束でしょ！　早く行こっ！」

早瀬さんはニッコリしながら私の腕に自分の腕を絡めた。

「初めまして。神楽さんのクラスメイトの早瀬といいます」

「こんにちは、葵の父です」

律儀にもふたりは顔を見合わせ会釈する。なんだかそれは不思議な光景だった。

「あたしたちこれから秘密の話があるんです。だから、えーっと、神楽さんとふたりにしてください」

「秘密の話？」

「恋バナですよ、恋バナ。女子高生の話題なんて、それしかないでしょう?」

早瀬さんはかわいくニッコリ微笑んだ。

「こ、恋……バナ!? 葵が恋をしてるのか!?」

「ふふ、そういうことなんで、ついてこないでくださいね」

早瀬さんっておとなしい子だと思ってたけど案外しゃべるんだ。

呆気《あっけ》に取られてポカーンとしてたら、早瀬さんに「行こっ!」と声をかけられ、近くにあったパンケーキが有名なカフェに連れ込まれた。

人気のお店らしく混雑していたけれど、タイミングよくテーブルが空いて、私たちはすぐに席へと通される。

「えへへ、よけいなことしちゃったかな。神楽さんが困っているように見えたから、つい助けたくなっちゃったの」

舌を出してかわいく笑う早瀬さん。

「ちらっと聞こえたけど、お父さんでしょ? 大変だね、過保護すぎるのも」

早瀬さんは何事もなかったかのようにあっけらかんと笑った。長い髪を耳にかける仕草が大人っぽい。なんていうか、お上品な子だ。

私のこと、助けてくれたんだよね?

起こったことを思い返してついふき出した。

「あはは、早瀬さんって度胸がありすぎる」

「笑わないで～！　本当はとっても緊張したんだからぁ！」

照れくさそうに苦笑する早瀬さんは、運ばれてきた水をひと口飲んだ。

クラスでもほとんど話したことのない早瀬さんと、今こうして向かい合っているのが不思議でたまらない。

「なんだかごめんね。でも、ありがとう。助かったよ」

「神楽さんのお父さんに勘違いさせて悪かったかな。完璧、神楽さんの恋バナだと思ってたよね」

「あはは、今ごろ泣いてるかもしれない」

「ふふっ、恋バナって聞いてめちゃくちゃ動揺してたもんね」

思っていたよりも表情豊かな早瀬さんは、口もとを手で覆いながらクスクス笑っている。

「帰ったら訂正しておくね」

「うん、それがいいかも。じゃなきゃ今後外出禁止とか言い出しそう」

「あー、ね。ありうる、うちのお父さんなら。それにしても、早瀬さんって、もっととっつきにくいイメージだったんだけどなぁ」

「よく言われる～！　あたし、同性から嫌われやすいタイプなんだよね。高校では穏やかにすごしたかったから最初はおとなしくしておこうと思って猫かぶってたの」

「あはは、猫って」

「神楽さんこそ、もっとおとなしい子なのかなって思ったよ。でも、めちゃくちゃ話しやすい」

「わー、そんなふうに言ってもらえるとうれしいなぁ」

思いもよらないところでの早瀬さんとの会話はなんだかとても楽しくて、さらにはパンケーキもすごくおいしくて、一時間もしないうちに私たちはすっかり打ち解けた。

早瀬さんは少女漫画が大好きで、今ハマっている漫画や好きなシーンを事細かに聞かせてくれた。

こんなに楽しい時間をすごしたのは久しぶりかもしれない。

「あたしのことは花菜《かな》でいいよ」

「じゃあ私のことも葵って呼んでね」

高校生になって初めてできた友達の花菜とは、この日からお互い下の名前で呼び合う仲になった。

教室でも私たちは一緒にいるようになった。

仲良くなると花菜はおしゃべり好きで、表情がコロコロ変わるから一緒にいて楽しかった。

くだらないことで笑えるし、花菜といると話題が尽きることはない。

花菜に借りた少女漫画を読んで、たくさんの困難を乗り越えたふたりがラストの告白シーンで結ばれたのを見て、感極まって泣いてしまったのはいい思い出だ。

花菜に話すと「そこはキュンキュンする場面だよ」と大笑いされてしまった。

私まですっかり少女漫画にハマってしまい、今日も花菜のオススメの漫画を借りたところ。

早く読破して花菜と感想を語り合いたい。

「あ、咲」

「よう、ぼっち卒業したんだな」

昼休み、屋上でくつろいでいた私の隣に咲が腰をおろした。

「ふふ、まぁね」

「よかったな」

そう言いながら咲はわずかに口もとをゆるめた。

なんだか咲が優しいと私まで調子が狂ってしまう。憎まれ口を叩いてるくらいがちょうどいいのにさ。

屋上には今日も優しい風が吹いて、心を穏やかにしてくれる。

花菜といる時間も好きだけど、こうして咲と一緒にぼんやりするのも好きだなぁ。

私がゆっくり大の字で横になると、同じように咲も体を倒した。

「ありがとね」

「なにいきなり。葵が素直だと怖いんだけど」

「ふふ」

「ふふってなんだよ、ふふって」

「そういえば咲はもう歌わないの？」

私は前から聞きたかったことを思い切って聞いてみた。

「なんでそんなこと聞くんだよ」

「咲の歌をもう一度聞きたいから」

あの日、私はちゃんと生きていると思わせてくれた咲の歌声を、もう一度聞きたい。

「ふーん。ま、気が向いたらな」

「やった、楽しみにしてるね！」

「大げさだな」

咲がこちらを向いたので、私も顔を横に向ける。

すると咲の目が驚いたように大きく見開かれた。

「な、なにどさくさにまぎれて近づいてんだよ！」

「なっ……！」

思っているよりも至近距離で目が合い、胸が高鳴る。慌てふためく咲を見ていたら、私まで恥ずかしくなった。

すぐそばに感じる体温と気まずい空気。

「じゃ、じゃあ私は先に教室に戻るから」

ムクッと身体を起こしてゆっくりと立ち上がる。よくわからないドキドキに支配されて、これ以上咲といると落ち着かなくなりそうだった。

「神楽さん」

教室に戻る途中、階段をおりていたら派手な男子に呼び止められた。咲の友達の黒《くろ》田《だ》くんだ。

「咲、知らない？　あいつ、昼休みのたびにどっか消えるんだよね」

黒田くんは明るくて常にニコニコしている穏やかな人。誰とでもすぐに仲良くなれるという特技の持ち主らしく、女子からの人気も高い。

ノリが軽くて人懐っこく、茶髪のふんわりパーマがよく似合っている。

咲とは正反対のタイプだ。

「あ、咲ならもうすぐ」

戻ってくるんじゃないかな。そう言いかけたところで、言葉が止まる。なんとなく屋上で一緒にいたことはほかの人に知られたくない。

屋上での時間はふたりだけの秘密にしておきたい。

変なの、そんなふうに思うなんて。

「あー！　咲！　いた！」

黒田くんは目をらんらんとさせて無邪気に笑った。

「どこにいたんだよ、探したんだぞ」

「あーうん、悪い」

「お前の居場所がわからなくて、思わず神楽さんに聞いちゃっただろーが。あ、神楽さん。俺と咲は中学からの親友ですっげー仲いいんだ」

しれっとしている咲と、無邪気な黒田くん。性格がまるで正反対に見えるふたりだからこそ、仲がいいのだろうか。

「同じクラスのよしみで、仲良くしてね！　あ、花菜ちゃーん！」

背後に花菜を見つけたらしい黒田くんが、再び大きく手を振った。なんていうか、忙しい人だな。

「どこ行ってたの？」

バチッとウインクを決めた黒田くんを一瞥《いちべつ》してから、花菜は私の目を見て微笑んだ。

「行こ、葵。黒田といたらバカがうつるよ」

「え、ちょ、花菜」

強引に腕を引かれて教室へと引っぱり込まれた。

「あたし、ああいう軽い人が一番嫌いなんだよね」

よっぽど嫌なのか、眉間に思いっきりシワが寄っている。

「信用できないっていうか、見ててイライラする」

「黒田くんとなにかあったの？」

普段は人のことをあれこれ言わない花菜がここまで言うってことは、よっぽどのことがあったのかな。

「中学のときに塾が一緒だったの。で、受験前に告白された」

「えっ!?」

こ、告白……？

予想外の単語が飛び出してきたことに、目を白黒させる。

まさか、ふたりの間にそんなことがあったなんて。

受験前ということは三カ月くらい前ってことかな。

「なんて答えたの？」

「答えてない」

「え？」

「逃げたの」

逃げた……。

「なんで？」

「あんな調子で冗談っぽかったから、好きとか言われても信じられなくて。少女漫画では黒田みたいなのは不動の人気者キャラだけど、やっぱり現実とは違うよね。告白されても一切ときめかなかったなぁ」

「それ黒田くんちょっとかわいそうだね」

「いいのいいの、どうせその場のノリで言っただけでしょ」

「ノリって、そんなことないんじゃない？」

私には未知の世界だ。今まで告白されたこともなければ、誰かを好きになったこともない。

「だって普通に話しかけてくるんだよ？　なにもなかったかのようにさ！」

「でもさ、内心は傷ついてるのかもしれないよ」

「そんなふうには見えないけど」

花菜は黒田くんのことがよっぽど嫌いらしく、ずっとしかめっ面だった。

なんだか少しかわいそうな気もするけど、まぁこればかりは仕方ないか。

「彼氏がほしくないわけじゃないけど、黒田だけは絶対にやだ」

「黒田くんって優しそうに見えるけどな」

「まぁね。でも、誰にでも優しい人はちょっとなぁ。やっぱり自分だけに優しい人がいいもん。あと知的で包容力があれば言うことなし。カッコよければなお良し！」

「おお、花菜っぽい発言。包容力はたしかに大事かも！」

「ふふ、葵はどんな人がいいの？」

「私？」

そう言われてふと思う。考えたこともなかった。だって私は恋とは無縁で、この先、人を好きになっちゃいけないから。

「そういうのはとくにない、かな」

だって、私には恋をする資格なんてないから……。


五月もなかばに入ると、日によって昼間はものすごく暑くなるけど、朝晩は寒くなって、体調を崩しやすかったりする。特にここ最近は、日中汗ばむ陽気が続いているからよけいに。

「おい、こっち！　パスパス！」

「ボール回せ！」

「行くぞっ！」

昼休みに職員室へ寄った帰りに渡り廊下を通ったとき、体育館のほうからにぎやかな声が聞こえてきた。

ボールをドリブルする音とキュッキュッと床を踏む音もする。

私は体育館側に回って横の扉からそっと中を覗いた。

六人くらいの男子が楽しそうにバスケをしている。

蒸し暑く、熱気がこもる中、長袖のカッターシャツの袖をまくって汗をぬぐい、ボールを追いかける彼ら。

その中にひとりだけ飛び抜けて背が高くて目立つ人がいた。

「咲、そのまま行け！」

「シュートだ！」

行く手を阻《はば》もうとする人の間をすり抜けて、まっすぐにゴールへ向かって走っていくうしろ姿。

普段は立ってるだけでも気ダルげなのに、まるで別人かと思うくらい真剣そのもの。

咲は追いかけてくる男子をかわし、ゴールに狙いを定めてボールを放った。

一直線にゴール目がけて飛んでいくボールは、そうなることが決まっていたかのように音もなくネットを揺らした。

「っしゃぁぁぁ！」

「ナイスだ、咲！」

チームの男子たちが盛り上がる中、咲だけは静かに汗をぬぐっている。

「あっちー……」

パタパタと手でシャツをはためかせながら咲がこちらを振り返った。

まさかそうくるとは思わなくて、私はなすすべもなくその場に立ち尽くす。

完全に不意を突かれた。

一瞬だけキョトンとしたあと、咲の大きな瞳が見開かれた。

「葵？」

こめかみから流れる汗を腕でぬぐいながら、眉《まゆ》を寄せてまじまじと私を見つめる。

私はそんな咲に向かって片手を挙げた。

「よっ！　咲ってバスケがうまいんだね」

「げっ、見てたのかよ」

心底嫌そうな顔。

私だって咲が体育館にいるなんて知らなかったのだ、そんな顔をされても困る。

「たまたま近くを通ったらにぎやかな声が聞こえたんだよ。それよりさっきのシュートすごかったね！」

「そうか？　あんなん普通だろ。誰でも入るよ」

「いやいや、私は入らないよ」

「神楽さんじゃん！」

私に気づいた黒田くんまでもが、こっちに駆け寄ってくる。

なんだなんだ？と黒田くんに続いて、さっきまで一緒にバスケをしていた男子たちがいっせいに私を見た。

「あれ、咲が女子といるー！」

「わお、めずらしっ」

「なになに？　どういう関係？」

「おまえらには関係ないだろ」

黒田くん以外、全員初めて見る顔だった。ほかのクラスの男子とも仲がいいなんて、咲って意外と人気者なのかな。

「こいつらみんな同中の元バスケ仲間」

咲が私にそう教えてくれた。

どうやら咲は中学でバスケ部のエースだったらしい。聞けば聞くほど、咲の存在が遠くなっていく。

「こいつね、めちゃくちゃうまくてさ。男の俺でも惚れ惚れするくらい」

黒田くんが冗談っぽく言って笑うと、たちまちほかの男子たちも賛同するようにうなずいてみせた。

「応援にくる女子は、みーんな咲目当て」

「俺らなんて空気だったよな」

「けど、こいつはそんな女子たちに目もくれず、ボールだけを追っかけてんの」

「なにしに部活来てんだよって話。俺はおまえらと違って真面目なの」

「なんだとー、このー」

「咲のくせにーー！」

フフンと得意げに鼻をすする咲を、周りの男子たちが口々にいじりはじめる。

口では皆ブーブー言いながらも、じゃれ合っている感覚なのだろう。仲の良さが伝わってくる。愛されてるんだなぁ。

男子たちの輪の中にいる咲はなんだか子どもみたいで、思わず笑ってしまった。

なんとなくの流れで、体育館から咲と黒田くんの三人で教室へ向かって歩いている。

ほかのクラスの男子たちは校舎が違うため、体育館を出てすぐのところで別れた。

ジュースを賭けて遊んでいたらしく、お気に入りのバナナミルクをゲットし、ご満悦な様子の咲。その横で黒田くんがカフェオレにストローを突き刺した。

バナナミルクが好きだなんて、ますます子どもみたい。

並んで廊下を歩いていると、一緒にいる私まで女子の注目を浴びてしまった。

黒田くんは慣れているんだろう、そんな女子にとくに反応することはない。

咲はというと素知らぬ顔で前だけを見て歩いている。

「高校ではバスケやんないの？」

ふと浮かんだ疑問をそのまま口にする。

見ている限りでは咲は部活をやっている様子はない。

「好きだけど面倒だからもうやんない」

ほかの女子の視線には気づかないフリの咲が、ちらりとこちらを見て答えた。

思わずドキッとしたけど、それが顔に出ないよう唇を引き結ぶ。

「面倒って、そんな理由で？」

身長一六三センチの私と比べて、隣の咲は私よりも頭一個分高い。

目立つよね、やっぱり。小顔でスタイルもいいから、遠くからでも人の目を引く。

「真剣にやんのは中学までって決めてたから」

「いやいや神楽さん、こいつは単に女子に騒がれるのが嫌なだけだよ」

「それもあるけど、趣味程度のスタンスでやんのが一番楽しいってわかったからだよ。

何事も楽しんでやるほうが長続きするだろ。それと一緒。心が動くことだけに力を注ぐべし」

「いいこと言ったと思って白々しくドヤ顔してんじゃねーよ」

すかさずツッコミを入れる黒田くん。

「いいこと言っただろーが」

「うぜー」

黒田くんの前だからなのか、今日の咲はよく話す。男友達といるとこんな感じなんだ。

それに咲は考えてないように見えて意外と物事の本質を考えてる。

自分の信念を貫いている咲はすごいと思った。

私が見ている咲はほんの一部でしかなくて、まだまだ知らない顔がいっぱいあるんだ。

そう考えると私って咲のことをなにも知らないんだなぁ。

雨の日の帰り道

次の日、昼休みを過ぎたあたりから雲ゆきが怪しくなり、灰色の分厚い雲が広がったかと思うとパラパラと雨が降り出した。

ものの数分で小雨から土砂降りに変わり、窓を打ちつける雨粒が濁流《だくりゅう》のようになった。

いつもなら鞄に折りたたみ傘を入れてるのに、たまたま今日は教科書やら参考書やらで鞄がいっぱいになったため、極力よけいなものは減らそうと部屋に置いてきてしまった。

うぅ、ツイてない。

昨日までは真夏並みの晴天だったというのに、今日は室内にいても肌寒くて、長袖がちょうどいいくらいの気温だ。

雨が上がるのを昇降口でじっと待つ。しかし、いっこうに止む気配はない。それどころかどんどん雨足は強まって、そこらじゅうを水の流れる音がする。

雨は嫌いじゃないけど、濡れるのは好きじゃない。止むかなぁ、もう少し様子を見てみるか。

下校ラッシュを過ぎた時間帯だとはいえ、まだまばらに人が残っている。

「あ、咲」

ポロッと口をついて出た声に、昇降口へやってきたばかりの咲が顔を上げた。

「ごめん、思わず声かけちゃった」

「や、べつにいいけど。なにしてんだよ」

「それはこっちのセリフだよ。こんな時間までどうしたの？　あ、咲も傘がなくて困ってるとか？」

「いや、持ってるけど」

「え、なーんだ……つまんない」

「はぁ？　なんだよつまんないって」

呆れ顔で笑われた。だって仲間ができたと思ったんだ。

咲は小さく笑いながら自分の靴箱からスニーカーを取り出し地面に置いた。

「ねぇ聞いてー、さっき鳳くんに告ったんだけどさぁ……」

「えー!?」

「それで返事は？」

何人かの女子の声が靴箱をへだてた奥から聞こえてきて、すぐそばにいる咲の動きが止まる。

「『無理』って冷たくあしらわれて終わり。勇気出したのに！」

「そのわりには全然ショックそうに見えないけど」

「あはは、言えてるー！　ドンマイ！」

「えー、だってそりゃあ付き合えたらラッキーくらいの感じだったし？　『ごめん』とか『好きになってくれてありがとう』もなく、たったの二文字で玉砕《ぎょくさい》だよ？　ひどいよねっ！」

「あれじゃん？　モテすぎて断るのも面倒くさい的な」

「でもだからって『無理』はないって。なんでそんなにえらそうなのかってドン引きしちゃった。イメージガタ落ちだよ。歌も好きだったけど、たぶんもう聴かないかな。っていうか、そこまでうまくもないしぃ。今どきバンドってダサくない？」

ふられてショックなのはわかるけど、好きだった相手のことをここまで言えるものなのか。

付き合えたらラッキーくらいの感じって、そんな軽い気持ちで……。

「ギターが弾けて歌もうまい俺、超絶カッコいい！とか思ってそう！」

「それは言えてる。ナルシスト入ってそう！」

「きゃはは、言えてるー！」

声がどんどん遠ざかっていく。告白した子がどの子なのかはわからなかったけど、パッと見ではみんな黒髪のおとなしそうな子たちだった。

気になって咲の様子をうかがうと、ほどけたスニーカーの靴ひもを結びながら、ため息をひとつこぼした。

「俺ってそんなにナルシストっぽい？」

気にしてたんだ？

「イメージであることないこと言われるのは慣れてるけど、さすがにナルシストではないと思ってんだけど」

「ガラにもなく落ち込んでんの？」

「ばっ、誰が落ち込んだりなんかっ」

「ふふっ、イメージでいろいろ言われるのは嫌だよね。でもさ、咲のホントの姿を知ってる友達はたくさんいるじゃん。私も咲がいいヤツだってことは知ってるから元気出しなよ」

「俺が聞きたいのはナルシストっぽいかどうかであってだな」

ボソボソと言いにくそうに話す咲を見てつい頬がゆるむ。そういうことを気にするなんて意外だ。

「それでもいいヤツなんだから元気出しなって！」

「それナルシストだっつってんだろ」

「んふふっ」

ニッコリ笑ってみせると、咲は戸惑うように瞳を揺らした。軽く目を伏せたかと思うと、急に静かになってボソッとひと言。

「笑うんじゃねーよ……、バーカ」

後頭部に伸びてきた咲の手が私の髪を乱す。

「ちょっとー！　なにすんの」

大きくて男らしい手に、なぜだかドキッとしてしまった。

「か、帰るんでしょ？　早く行けば？　じゃあね」

咲は私の横を通り過ぎ、無言で正面玄関へと歩いていく。

ふれられたところが熱を持ったようにいつまでもじんじんする。

「ほら、早く来いよ」

ちらっと振り返った咲が、ぶっきらぼうにそう言った。

「五秒以内に来ないと置いてくぞ」

「えっ？」

困惑している間にも咲は傘を開いて、今にも歩き出そうとする。

雨の音なのか心臓の音なのか。

地面に打ちつける音と一緒に鼓動が速くなっていく。

傘に入れてくれようとしてるの？

「ま、待ってよ」

私は小走りで咲の隣に並んだ。

これっていわゆる相合傘ってやつだろうか。

バケツをひっくり返したような激しい雨。

雨粒が傘に打ちつけられる音が頭上に響いている。数歩進んだだけで靴下にまで水が染みて足先が冷たい。

だけど今は寒さなんて感じないほど、心の中がパニック状態。

肩と肩の間のわずかなスペースを、妙に意識してしまう。

「もっとこっちに寄れよ。濡れるだろーが」

そんなこと言われたって、男子と相合傘なんて初めてのことで落ち着かないんだ。

鞄を胸にギュッと抱き、さらに小さくなる。

「葵？」

下から顔を覗き込まれ、ひときわ大きく心臓が跳ねた。まっすぐ力強いその瞳。初めて会ったときは苦手だと思ったけど、どうしてだろう。今はものすごくドキドキする。

「そ、そんなに見ないでくれる？」

咲はそんな私を見て小さくふき出した。

「なにキョドってんだよ、らしくないな」

「う、うるさいなぁ」

「まさか照れてんの？」

「そんなわけないでしょ！」

咲のペースに乗せられて、顔が熱くなっていくのがわかる。

ありえない、ちょっと優しくされたからって、こんなにときめいてるだなんて。

駅までは歩いて五分くらいの距離なのに、とてつもなく長く感じる。

早く着いてほしいような、ずっとこうしていたいような、どっちつかずな私の心。

「そういえば最寄りは？」

私がそんなことを考えているなんて知る由《よし》もない咲が、流し目で私を見た。

「黒岩《くろいわ》線の半田《はんだ》駅だよ」

「なんだ、一緒かよ。俺今日はまっすぐ帰るし、同じ電車だな」

駅に着いても一緒にいられるってこと？

よくわからないけど、まだ一緒にいられるのかと思うと心のどこかでうれしいと思っている私がいる。

「俺、コンビニ寄るけど葵は？」

駅に着き、傘を畳みながら咲が私に振り向いた。

「か、帰る」

「ならこの傘使えよ。俺んち駅からバスだけど、バス停のすぐ真ん前が家だから」

「大丈夫だよ、駅まで家族が来てくれるから。ありがとう」

なんだか落ち着かない。なぜなのかって、よくわからないけど。

「そっか。じゃあまた明日な」

「あ……うん」

コンビニへ向かうべく歩き出す咲の背中を見送る。

あ……咲の右肩、めちゃくちゃ濡れてる。

傘を持っていなかったほうの腕だ。

無意識に自分の左肩を触ってみたけれど、ほとんど濡れていなかった。

さり気ない優しさに胸がトクンと音を立てた。


「お父さん、おはよう」

部屋を出てリビングに行くといつものようにスーツ姿のお父さんが待ち構えていた。

テーブルの上にはお父さんお手製の簡単な朝食が並べられている。

昨日、駅に迎えにきてくれていると思っていたお父さんは仕事の都合で抜け出せず、私は濡れながら帰った。

そのせいで今日はほんの少し、身体がだるいかもしれない。

「くれぐれも気をつけていくんだぞ？　調子が悪くなったらすぐに連絡しなさい。迎えにいくから」

「わかってるって。行ってきまーす！」

昨日の雨がウソみたいに青空が広がり、太陽の光がさんさんと降り注いでいる。そんななか、歩いて駅へ。

今日も暑くなりそうだな、なんて思いながらパスケースを出して改札へ向かう。

通勤通学ラッシュの駅構内は、たくさんの人でごった返している。

人の波にまぎれながら電車待ちの列の最後尾に並ぶ。そして、見える限り周りをキョロキョロ見回した。

朝に駅で咲を見かけたことはない。もしかするとほかの交通機関で通学してるのかな。って、やだ、咲を探してるなんて。

昨日からいったいなんだというの。

十分ほど電車に揺られて、駅から学校までの道のりを歩く。

昨日の帰りはここを咲と歩いていただなんて幻のよう。

「おい」

うしろから肩をポンッと叩かれた。そこにはもうすでにカッターシャツの袖をまくった咲が立っている。

「お、おはよう。どうしたの」

不意打ちすぎてなんの覚悟もできていなかった。

「さっきから足もとがフラフラで危なっかしいんだよ」

心配そうに私を見つめるその瞳。

さっきから？

「電車を待ってるときからずっと見てた。具合悪いのか？」

眉を下げ、自然に隣に並んで歩幅を合わせてくる。

「昨日は肌寒かったもんな。風邪でも引いた？」

『ずっと見てた』

その言葉が信じられなくて耳を疑う。

私が探しても見つからなかったのに、咲は私に気づいてくれたんだ。

そんなささいなことに、胸がじんわり温かくなる。

「ちょっと寝不足でさ。歩きながら寝てた」

「はぁ……？　バカかよ」

片眉を上げて、まるで変なものでも見るかのような表情。

「つーか、顔色悪すぎ。どんだけ夜更かししたんだよ」

「そんなことないよ、普通だって。それより昨日はありがとね。助かっちゃった」

「べつにいちいち礼なんかいらねーよ」

「お礼くらい素直に聞いてくれたっていいじゃん」

「ま、あんまり無理しすぎるなよ」

さらに念押しされてしまい、よっぽどなのかと不安になる。よけいな心配をさせたくない。大丈夫だと言ってるんだから、放っておいてほしい。それに病気のことは知られたくない。心配されたらどんな顔をすればいいのかわからなくなる。


学校に着くと花菜がやってきて、他愛もない会話が始まる。話題はもっぱら今流行りの恋愛ドラマの内容について。

昨日が放送日だったこともあって、朝一番から花菜のテンションは最高潮。

「もうめちゃくちゃキュンキュンしちゃったー！　やっぱり二次元での壁ドンは最強！　ってか、あんなイケメン俳優に壁ドンされたら普通にときめく！」

「あはは」

合わせて笑うのは私のクセだ。花菜と話してると楽しいから、いつもなら自然と笑えるのに。学校に着いてから、さらに身体が重ダルくなった。立っているとめまいがして、力なく椅子に腰かける。

「ねぇ、大丈夫？」

「ちょっと立ちくらみがしただけだよ」

「あ、もしかして貧血とか？　あたしもよくあるよ。座って座って」

「うん、そう。貧血。ごめんね」

間違ってはいないからウソをついていることにはならない。

「全然。無理しないで、ツラかったら言ってね」

心臓病のことは高校に入ってから誰にも言っていない。

小中学生のときは入退院を繰り返し、お父さんはそんな私を心配して、学校側に私の病気のことを伝えてみんなの理解を得られるように協力してほしいと申し出たらしい。

退院して久しぶりに学校に行くと、なぜかクラスだけじゃなく、学年全体が私の病気を事細かく知っていて驚かされた。

お父さんの根回しのせいで、先生が学年集会を開いてみんなに知らせたのだという。

それをあとからお父さんに聞かされて。お父さんはそれで私を助けたつもりでいたのだろうけれど、さらし者にされたみたいですごく嫌だった。

よく知りもしない人が私をかわいそうだという目で見てくる。気を遣われているのがわかったし、今まで普通に接してくれていたのに急によそよそしくなったりと態度を変える子もいた。どう関わればいいかわからず、戸惑わせてしまったんだと思う。

『心臓病の子』『かわいそうな子』

周りにそうレッテルを貼られていた中学時代。

高校では絶対にそんな目で見られたくなくて、病気のことは誰にも言わないと心に決めていた。お父さんにも釘を刺してなんとか説得したけれど、私になにかあると動こうとするかもしれない。

普通に学校に通って、勉強したり遊んだり、クラスの一部に溶け込む。

そんな『普通の自分』でいたいから、今日も平気なフリをする。

けれど授業が進むにつれて、そうも言っていられなくなってきた。座っていてもクラクラとめまいがする。足もとからの血液の戻りが悪くて、本格的な貧血に陥っているんだ。

これまでにもなったことがあるから、自分の身体のことはよくわかる。

少し横になって休めばすぐに良くなるはずなんだけれど。

授業が終わるまで、まだ三十分以上もある。

それに次は一週間のうちで最も少ない音楽の授業だから、無理にでも出て出席日数を稼いでおきたいところ。

四時間目の体育の時間まで身体がもてばいいなと思いながら、数学の教科書をめくる。

その瞬間、ぐらりと大きく目の前が揺れた。血の気が引いて意識が飛びそうになり、ブワッと冷や汗が浮かぶ。

「はぁ……うっ」

ダメだ、これは、やばいやつだ。

とにかく横にならなきゃ。

ちらりとうしろを振り返った咲と不意に目が合う。さっきから視線を感じてはいたけれど、下を向きながらやり過ごしていた。

それなのに今、目が合ってしまうなんてツイてない。きっと心配させている。だから私の様子をうかがっていたんだろう。

咲は真顔で私を見たあと、前に向き直ってなにを思ったのかスッと右手を挙げた。

それに気づいた先生が「どうしたんだ」と問う。

「うしろの人が具合悪そうなんで保健室に連れていきます」

しれっとそう断言するところが咲らしいなと思いつつ、内心では見抜かれたことに焦る。

最悪だ……。

それに保健室くらいひとりで行ける。

「ほら行くぞ」

咲は私の手をつかんで立ち上がらせ、教室を出ていこうとする。

「大丈夫だよ、ひとりで行くから……」

「なに言ってんだよ、今にも倒れそうなくせに」

その意外な行動に教室の中がざわめいた。

鋭い視線を感じたかと思うと、派手なグループの瀬尾《せお》さんと目が合った。

すぐにそらされてしまったけど、明らかに敵意があるような目つきだった。


「だから無茶するなって言ったんだよ」

今は授業中だから、当然、廊下には誰もいないし、シーンと静まり返っていた。

フラフラになりながらボーッとする頭で、咲がため息を吐くのを聞いていた。

「大丈夫か？」

「……うん」

「ったく、おい、こっちだ」

とても危なっかしいらしく、咲は私の腕をつかんだまま離そうとしない。

「どうしてここまでしてくれるの……？」

私ってそんなに病弱に見えるのかな……。

「どうしてって……」

咲はそこまで言うと急に黙ってしまった。

「気になるからだよ、葵のことが」

ガーッと自分の髪を乱しながら、照れくさそうに咲がつぶやく。

見間違いだろうか、ほんのり顔が赤いような……。

「……ほっとけねーんだよ」

「ほっとけないって……私、そこまで弱くないよ。今日こんなふうになったのもたまたまで……」

「そういうんじゃなくて、自分でもよくわかんねーけど。葵が困ってたら、助けたいって思う」

え……？

「気になって目が離せないんだよっ」

なに、それ。ずるい。どんな反応をすればいいかわからないよ。

そのあと咲がどんな顔をしていたのかはわからなかった。でもとても真剣な声だったから、きっとそんな顔をしてたんだと思う。

「べ、べつに変な意味はないからな？」

言い訳のようにそう付け足して、プイとそっぽを向いてしまう。照れてるときの咲のクセ。一緒にいるようになって、少しだけ咲のことがわかるようになった。

よくわからない胸の高鳴り。それは病気のせいではない、ような気がした。

保健室に付き添ってくれたあと、養護教諭の木内《きうち》先生に私をたくすと咲は教室に戻っていった。

木内先生は五十代くらいのふっくらとした先生で、私の病気について把握してくれている。

どうやらすぐに状況を察してくれたらしく、先生は私をベッドに横たわらせると、体温や血圧、脈拍を測定した。

「異常はなさそうね。ゆっくり休みなさい」

「はい……」

「無理そうなら親御さんに連絡入れるけど」

「大丈夫です、すぐに良くなると思うので」

「そう？　なら時々、様子を見にくるわね」

こくりとうなずくと、カーテンを開けて先生が離れていく。

初めてお世話になるけど、笑顔が優しくて安心できる先生だなぁ。

目を閉じるとすぐに深い眠りに落ちた。

「……さん、神楽さん」

「んっ……」

遠くで誰かの声がする。うっすら目を開けると、一瞬自分のいる場所がわからなかった。だけどすぐに思い出す。保健室で休んでいたということを。

「もうお昼休みだけど、具合はどうかしら？」

木内先生がカーテンの隙間から顔を覗かせ、私に言った。

「起こしちゃってごめんね。まだ悪そうなら、お家に連絡しようと思うのよ」

「あ、大丈夫です」

起き上がると軽いめまいがしたけれど、すぐに治まった。

「教室に戻れそう？　さっきの男の子が外に来てくれてるけど」

「えっ!?」

咲が？

「よっぽど神楽さんのことが心配みたいね。いい子じゃない。彼氏？」

からかうようにウインクをしてくるお茶目な先生。

「そ、そんなんじゃないですよっ！」

「あら、そうなの？」

「そうですよ、ただの友達です」

「どうする？　入ってもらう？」

「いいえ。もう大丈夫なんで、このまま行きます」

ベッドから降りて上履きをはく。立ち上がっても、めまいはしなかった。

「なにかあったら遠慮せずにいらっしゃい」

「はい、ありがとうございます」

お礼を言って保健室を出ると、近くの壁にもたれながらスマホをいじっている咲の姿があった。私に気づくとすぐさまスマホをズボンのポケットにしまい、こっちに歩いてくる。

「大丈夫か？」

「うん、おかげさまで。さっきはありがとう」

「いや、うん……顔色、良くなったな」

そう言うと、咲はホッと息を吐きだして頬をゆるめた。めったに見せてくれない優しい顔に、胸の奥が小さくうずく。

以前にも増して、柔らかい雰囲気を感じる。少しは心を許してくれているってことだとしたらうれしい。

教室に戻る途中、通りかかった自販機の前で立ち止まる。

「迷惑かけちゃったから、おわびになにかおごるよ。私も喉渇いたからなにか買おうっと」

「おまえ今、財布持ってんの？」

「あ、そうだ。教室だ……！」

授業を抜け出して保健室に行ってたから、当然お財布は持っていない。

「ぷっ、マヌケだな。ほら、どれにするんだよ？」

咲はポケットから小銭を出し、自販機に投入する。ガックリ肩を落としていた私は、驚いて顔を上げた。

「快気祝いにおごってやる」

「えっ、そんな、いいよ」

むしろ、こっちが迷惑かけたんだからおごられる義理はない。

「いいから、選べよな」

「じゃああとで返すね。ストレートティーにしようっと！」

ボタンを押してパックのそれを取り出す。

「これこれ、好きなんだよねー！　ありがとう！」

咲は次に自分のバナナミルクを買った。

「咲ってそれ好きだよね。子どもみたい」

ぷっとからかうように笑えば、ムスッとしながら唇をとがらせる。

「うっせ、バーカ」

穏やかな午後の昼下がり、そんな咲の姿に私はまたしても笑ってしまった。

ドキドキのダブルデート

「神楽さーん、おーい！」

三日後の朝、通学路を歩いているとうしろから元気な声が聞こえてきた。

振り返らなくてもわかる、黒田くんの声だということが。

朝から元気すぎる。振り返ると、手をぶんぶん振りながら、弾けるように笑う黒田くんの笑顔がそこにあった。

わ、咲もいる。黒田くんの横で眠たそうにあくびをしていた。

「神楽さん、おはよう！　っていうか、電車通学だったんだね！　会うのって何気に初めてじゃない？　どこに住んでんの？　そういえば前に電車で見かけたことあるよ」

朝から黒田くんのマシンガントークが炸裂《さくれつ》。挨拶を返す間もなく質問攻めにあってあたふたしてしまう。

今日も相変わらずだな、なんて思いながら苦笑していると、咲にじとっとにらまれた。

「なに？」

「マヌケ面だなと」

「なっ！」

「咲ー、おまえいつの間に神楽さんと仲良くなってんだよ。花菜ちゃんと仲いいよね、神楽さんって」

「そうだね、うん」

「ね、今度四人で遊びにいこうよ！」

黒田くんはいいアイディアが浮かんだと言わんばかりに手を叩いてニッコリ笑った。

「四人？」

「俺と咲と花菜ちゃんと神楽さんの四人」

「ええっ！」

それって俗にいうダブルデートってやつだよね。花菜に借りた少女漫画でもよくある展開。実はちょっと憧れてたり……なんて。だけど花菜も咲もこなさそうな気がする。

「俺、花菜ちゃんに嫌われてるからさぁ。神楽さんからさり気なく誘ってみてくんない？」

「え、私が？」

「うん、頼むよ」

黒田くんはスッと笑みを消して眉を下げた。うるうるした瞳を向けられたら、なんとなく断りにくい。

　というか、黒田くんは花菜のこと……本気なのかな。

「わかった。言うだけ言ってみるね」

「マジで？　ありがとう！」

「俺は行かないからな」

「なんでだよー、どう考えても行く流れだったろ。俺を応援してやろうって気はないのかよ！」

「めんどくさい」

　泣きマネをする黒田くんに容赦のない咲。

「ひでー、めんどくさいって……！　神楽さん、なんとか言ってやってよ！」

「まぁまぁ、黒田くん、落ち着いて。私は行くからさ」

「マジで？　神楽さんって優しいんだな。惚れそう〜！」

　大げさなほど明るい笑みを浮かべる黒田くん。表情がコロコロ変わるところは、なんとなくだけど花菜に似ている。

　感情をストレートに表現してくれるから、憎めなくてついつい黒田くんのペースに巻き込まれてしまう。

「なにバカなこと言ってんだよ。行くぞ」

会話を裂くように咲が歩くスピードを速めた。

なんとなくだけど不機嫌そうだ。

「なんだよ、あいつ。いきなり機嫌悪くなりやがって。じゃ、神楽さん、よろしくな！」

「あ、うん！」

黒田くんは咲のあとを追うように小走りで行ってしまった。


教室に着き、教科書を出して机にしまうと私はすでに登校している花菜の元へ向かった。

黒田くんは男子たちと集まって騒いでいるけど、チラチラと花菜のことを目で追っている。やっぱり本気で好きなのかな。

「おはよう、花菜」

「あ、おはよう」

挨拶を交わして何気ない会話が始まる。黒田くんに誘われたことを話すと、花菜はあからさまに眉根を寄せた。

「やっぱり嫌だよね？　黒田くんには私からちゃんと断っておくよ。だから聞かなかったことにして」

「行くよ」

「うんうん、そうだよね。嫌だよね……！　って、ええっ!?　今なんて？」

「行くよって言った」

「ど、どうして!?」

驚きのあまり机に手をついて花菜の顔を覗き込む私に、花菜は小さく苦笑した。

「告白のときに逃げたあたしも悪かったかなぁって。おわびってわけでもないけど、ちゃんと話さなきゃなって。そこできっぱり諦めてもらうことにする」

「あ、なんだ、そういうこと」

「当たり前でしょ、あたしが黒田とどうにかなることはないから」

そう言い切るあたり、花菜の意志の強さがうかがえる。

「花菜には好きな人がいるの？」

「いないよ、そんなの。でも、黒田はない。あたしは、もっと真面目で一途な人がいいの」

「そっか」

そこまで否定されたら、かわいそうな気もするけど、とりあえずあとは黒田くん本人にがんばってもらうしかない。

コソッと黒田くんを廊下に呼び出して、花菜からの返事を伝えた。

「いよっしゃあああ！　マジでありがとう、神楽さんっ！　あ、連絡先交換しよっ！」

感極まったのか、黒田くんは両手で私の手をつかんでブンブン振った。

大げさだなぁ。思わずクスクスと笑ってしまった。

「あ、でもあとひとり誰か男子を誘わなきゃだね」

「うーん、そうだなぁ。彼女ほしがってそうなヤツに声かけてみるよ。神楽さんはどんな男がタイプ？　一応聞いといて、その線で探してみる」

「いや、私はべつにタイプとかないよ」

「いやいや、俺だけ協力してもらうのも悪いし。遠慮せずにさ、ね？」

うーん、どうしよう。まさかそうくるとは。

「あ、もしかして、好きな人がいるとか？」

「へっ……!?」

好きな人……？

「俺が協力してあげるから言ってみ？」

「いやいやいや、いないっ、いないから！」

「ははっ、ムキになってあっやしー！」

からかわれてしまい、ムキになって否定すればするほど黒田くんはニヤニヤ笑うばかり。

「まぁ、だいたい誰だか見当はつくけどね」

「な、なに言ってんの」

するとそのとき、私たちの間を裂くようにスッと人影が現れた。

「俺が行く」

え？

そこに立っていたのは咲で、黒田くんと私を交互に見やる。

咲はなぜか私の目をまっすぐに見てきた。

「え、でも、だって、『行かない』って……」

咲がさっきそう言ったんじゃん。

それなのに、突然どうしたんだろう。

「咲ー。おまえならそう言うと思ってたよ」

「翔《かける》のためじゃないからな」

「そう言いながらも、最終的には付き合ってくれるおまえが好きだ」

ふたりはなんだかんだ言いながらも、やっぱり仲がいいらしい。

「神楽さん、俺の連絡先教えるね。詳細はメッセでやり取りしよう」

「うん、わかった」

制服のポケットに入れてたスマホを出して、黒田くんに向ける。

「あー、やっぱさ」

「ん？」

黒田くんは伸ばしかけていた手を途中で止めると、あからさまにニヤリと微笑んだ。

「俺じゃなくて咲が連絡先交換しろよ。おまえ今スマホ持ってんだろ？　俺、教室に置いてきたからさ」

さっきの黒田くんの言い方だと、さも今スマホを持ってるような感じだったけど、違ったんだ……？

「ほらほら、咲。早く。神楽さんも。ね？」

黒田くんはそう言って譲らず、咲は黙ったままズボンのうしろポケットに手を入れてスマホを出した。

「読み取って」

「あ、うん」

ぶっきらぼうにそう言われて、私は戸惑いながらもコードを読み取った。

『鳳咲』

友達に追加し、適当なスタンプをひとつ送るとすぐに既読がついた。

あっさり行われた連絡先交換。それを見届けた黒田くんは満足そうに笑った。

そして迎えた週末。行き先はデートっぽく人気のテーマパークに決まった。

朝、駅で待ち合わせをすることになり、なんだかとても緊張した。

五月下旬の今日はお天気も良くて絶好のお出かけ日和。私はアイスブルーのロングスカートに淡いピンク色のTシャツを着てGジャンを羽織ったカジュアルなスタイル。

たくさん歩くだろうと思ったから足もとはスニーカーだ。

斜め掛けの小さなバッグにはお財布とリップとスマホと定期と、ハンカチと小さなピルケースだけを詰めてきた。

ポニーテールにも挑戦した結果、なかなかいい感じの髪型になったんじゃないかと思う。

普段はおろしているからよけいに。

お父さんにはデートなのかと聞かれたけど、花菜と出かけると言っておいた。

「葵ー！　お待たせー！」

そこへ花菜が現れた。スタイルがいい花菜は、長い足を思いっきり出した大胆なショートパンツスタイルだ。

長めのTシャツにツバ付きのキャップをかぶって、ラフな感じですごくかわいい。

もっと女の子っぽい私服を想像してたけど、いい意味で期待を裏切られた。

「葵、かわいいー！」

「花菜だって何気に気合い入ってるじゃーん！」

「そんなことないよー、今日はテーマパークだからねー。葵と一緒に行けるなんて超うれしい！」

そう言いながら私の腕をギュッと握ってくる花菜に自然と笑みがこぼれる。

友達とおでかけなんて、初めてだから私もとても楽しみにしていた。

「おーい、花菜ちゃーん」

「うわっ」

大きな声で遠くからこっちに向かって手を振る人物に、花菜は眉をひそめた。

弾む足取りで私たちの前までやってきた黒田くんは、大きめのジーンズにポロシャツで、その上に青いギンガムチェック柄のシャツ姿。

とても黒田くんっぽい格好だ。

「おはよう、黒田くん」

「おはよ、神楽さん。花菜ちゃんも」

「おはよー」

ニコニコ顔の黒田くんにそっけなく返す花菜。

そうこうしているうちに咲もやってきた。

咲はタイトな黒のパンツに白のシャツ、そしてグレーのジャケット。

「おはよう」

「うん」

咲は眠たそうにあくびをしながら小さくうなずいた。

「よしっ、これで全員そろったな。じゃあ行くか！」

電車に乗って四十分ぐらいの場所にあるテーマパークに向かう。四人がけの席に向かい合って座りながら、黒田くんを中心に会話が弾んだ。

「楽しみだなー。花菜ちゃんは絶叫系乗れる？」

「嫌いじゃないよ」

絶叫系かぁ、怖そうだし、乗ったことないな。

なんとなく苦手意識が強いのは、心臓に悪い乗り物だからなのだろう。

「神楽さんは乗れる？」

「え？」

どうしよう。

黒田くんはみんなで乗るのを楽しみにしているようなキラキラした視線を私に送ってくる。

乗ったことないとか、とても言える雰囲気じゃない。

「苦手なら無理すんなよ」

腕組みしながら外を眺めていた咲がチラッと私を見た。

聞いていないようでちゃんと聞いていたらしい。

そして苦手って見抜かれてるし。

こういうところがすごいというか、人のことをよく見ているなって思う。

黒田くんを応援したい気持ちもあるし、どうすれば……。

「おい、本気で悩むなよ。苦手ならそう言え」

「だ、大丈夫！」

うん、たぶん……きっと。

咲はなにか言いたそうに私を見ていたけど、ため息を吐いただけでスッと視線を外へ戻した。

なんでいきなり来る気になったんだろう。どう考えてもテーマパークとか人混みが好きなタイプには見えないのに。

電車を降りてテーマパークまで歩く。私と花菜が前、黒田くんと咲がうしろだ。駅を出てからテーマソングがあちこちから聞こえてきて、キャラクターたちの世界観を表した風景が広がり、テンションが上がる。

「葵、絶叫系無理なら本当に無理しなくていいからね！」

「大丈夫だよ。乗ったことないから乗ってみたい」

ガッツポーズをしながら笑顔を浮かべる。せっかくだから思いっきり楽しみたい。

それは寿命を縮めることになるのかもしれないけれど……そんなこと、今はダメ、考えちゃ。

そう心に決めてチケットの列に並び、いざテーマパークの中へ。

「うわぁ、すごい！」

陽気な音楽とともに映画の中に入り込んだような雰囲気。今にもどこかからキャラクターが飛び出してきそうな感じ。

「夢の国だー！」

「神楽さんテンション高いね」

「私、初めてなんだぁ！　映画観てずっと憧れてて！」

「ここに来るの初めてなの？」

黒田くんが目を丸くする。

「あは、そうなんだよね」

「今どきそんな天然記念物みたいな子がいるんだね」

「初めてだっていいじゃん。葵のこと変な目で見すぎ」

「え、花菜ちゃん！　それって嫉妬？」

「なわけないでしょ！　バカ！」

「うわー、なんかめちゃくちゃ愛情感じるー！　たまんねー！」

「はぁ？」

　ふたりのコントみたいなやり取りに思わず笑ってしまった。

　スタスタと歩いていく花菜のうしろを黒田くんが追う。私の隣には咲が並んだ。

「黒田くんって底抜けに明るいね」

「あいつは昔からあんな感じ」

「一緒にいると楽しいよね」

「………」

　急に黙り込んだ咲にチラッと視線を送る。すると唇がへの字に曲げられた。

「あ、べつに咲といるのが楽しくないってわけじゃないよ？」

「気になってんの？　あいつのこと」

　なぜか身体ごとこっちを向いて、刺すような力強い目でそう聞かれた。

「やだな、そんなんじゃないよ。雰囲気がいいなって。咲とは正反対だけど、ふたりが仲いいのはなんとなくわかるよ」

「べつに、ただの腐れ縁だよ」

「なんだかんだ言いつつ、今日は黒田くんのためにきたんでしょ？」

「………」

問いかけに無言になり、微笑みかけるとなぜかプイと顔をそらされた。

「違う」

「え？」

「あいつのためじゃない。葵が……」

私……？

「……行くとか言うから」

「それはまぁ、黒田くんが来てほしそうだったからだよ」

「翔と仲良くなりたいのかと思うだろ」

「え……？」

「ムカつくんだよ」

不機嫌そうに唇を歪ませる咲はまるで子供のよう。

「葵と翔が仲良くしてんの想像したら、すっげームカつく。だからだよ、今日来たのは」

よくわからなかったけれど、咲はこれ以上聞くなというようにスッと目をそらした。

その後すぐに黒田くんに呼ばれ、私たちは十数メートル離れたふたりの元へ。

ムカつくって……嫉妬？

いや、でも、まさか、ね。そんなはずはないと思い直して軽く頭を振る。

それから咲はしばらく不機嫌そうだったけど、私は花菜と思いっきりはしゃいだ。大好きなキャラクターの着ぐるみとたくさん写真を撮って、人気だというアトラクションにも並んだ。

楽しくて時間があっという間に過ぎ、気づけばお昼時。四人で近くにあったレストランへ入った。店内は満席に近かったけれど、たまたま席が空いて四人で座ることができた。空腹だったこともあり、いつもよりも食が進む。

「さぁて、そろそろ絶叫系を攻めますか」

レストランを出ようと黒田くんが立ち上がる。

「いいね、いこいこ！」

花菜もそんな黒田くんに続いた。トレーを片付け、レストランの外へ出る。

私はなんだかちょっと疲れちゃったな。本音はもう少し休憩していたい、でも……。

「おまえらふたりで行けよ。俺と葵はそのへんに座ってるから」

咲がそう言い、私は思わず横顔に目をやる。

「そうだな、それがいいよ。神楽さん、実は絶叫系苦手っしょ？」

「え、そんなこと」

「いいからいいから、咲に付き合ってやって。花菜ちゃん、行こっ！」

「葵、無理しなくていいからね。黒田とちょっと行ってくるね」

「か、花菜ちゃんとふたりきりだなんてっ！」

「うるさい。行くよ、ほら」

「はーい！」

どうやら私の強がりは全員に見抜かれていたらしく、黒田くんと花菜はふたりでいってしまった。

「顔色が悪いぞ。とにかくこっち来い」

「ごめんね、咲も乗りたかったんじゃないの？」

それなのに私に付き合ってくれているとしたら、悪い気がする。

「葵はいろいろ気にしすぎ」

木陰のベンチに並んで座ると、そよそよした穏やかな風が私たちを包んだ。

「苦手なくせに、無理して合わせなくてもいいんだよ。みんなで楽しみたいって気持ちもわかるけどさ」

咲と一緒にいるとなぜだかふんわりと温かい気持ちになる。

それはきっと咲がそうだからなんだと思う。

一見冷たそうに見えるけど、実はとても優しくて温かくて、人のことをちゃんと考えられる、そういう人だ。

そういうところがすごく好き……。

って、人としてという意味で深い意味はない。

「ちょっと待ってろ」

「え？」

「すぐ戻るから」

そう言い残し、どこかへ走っていく咲の背中を見つめる。戻ってきた咲は、手にペットボトルを持っていた。

「ほら」

ベンチに座ったまま咲の顔を見上げる。

「やる」

「いいの？」

「俺が喉渇いてたんだよ。葵のはついでに買っただけだから」

ついでと言いながらも、私の好きなストレートティーを選んでくれているあたり、咲の優しさを感じてしまう。

そしてそれをうれしいと感じて、ドキドキしてる私はなんだか変だ。

「なんだかいろいろと……ありがとう」

咲は満足そうに笑ってから私の隣に座った。

「なんかのんびりしてんな。出会ったときは、まさかこんな日がくるなんて思わなかった」

懐かしむようにフッと咲が笑った。

「咲と初めて会った日、私、実は家出してたんだよね」

誰かに聞いてほしかったのかもしれない。一度話すと止まらなくなった。

「あの日すごくショックなことがあって……くじけそうで、全部が嫌で思わず逃げ出しちゃったんだ。それでたまたま会場に入ったら咲が歌ってたの」

暗くならないように冗談っぽく笑うと、咲は神妙な面持ちで私を見た。

「うちのお父さん、すごく過保護でね。夜に出かけたことなんてなかったんだけど、あの日家を飛び出してほんとに良かったって今は思う」

茶化したりバカにしたりすることなく、咲は黙って話を聞いてくれた。

「咲の歌を聴いて、これからもがんばろうって。あと少しだけがんばってみようって思えたんだ」

あの日、咲に出会わなかったら、今頃どうなっていたかわからない。

「大げさだろ」

「そんなことないよ。私には希望の光に思えたもん。あの場にいた全員の心にも響いたはずだよ」

それほどの魅力的な歌声だった。

あの日の感動を私は絶対に忘れない。

「咲は将来歌い手になるの？　ギターもできるもんね」

「いや、無理だろ。趣味程度だよ。子どもの頃は夢を見なかったこともないけどな」

「なれるよ。なってよ！　そんでそのときは絶対に教えてね！」

よっぽど私が必死に見えたのか咲は小さくふき出した。そして私の後頭部に手を伸ばして軽くふれる。

「バーカ」

そう言ってはにかむ咲。

手の力が強くて、女子の私とは大きさも全然違う。

そんな当たり前のことを今になって認識すると、咲の顔が見れなくなるほど恥ずかしさがこみあげてきた。

「ねぇ、咲」

「なんだよ」

「ありがとう。私、咲に出会えて良かった」

「なんだよ、いきなり」

「あはは」

いつまでもずっと、このままでいられたらいいのに。

Heart＊2

未来への不安

ダブルデート後の週明けの月曜日。

朝は晴れていたのに、午後から雨が降り出した。放課後までシトシトと小雨が降り注いで、いつまでも止む気配を見せない。

「……い！」

「へっ!?」

教室の窓からぼんやり外を眺めていた私は、肩をポンと叩かれてハッと我に返った。

「葵ってば、ボーッとしすぎ」

「あは、ごめんごめん」

花菜はそんな私に苦笑した。

「途中まで一緒に帰ろうよ」

「もちろん！　すぐ準備するね」

花菜は電車で私も電車。駅までは同じなので、時間が合えば一緒に帰ることも増えた。

「あ、鳳くんだ」

廊下に出ると花菜の視線の先には咲がいた。

「黒田もいる。こっちに手振ってるし」

げんなりした口調だけど、心なしかその横顔はゆるんでいる。

「黒田くんと少しは仲良くなれたみたいだね」

「え、やめてー。全力で否定するわ」

とはいってもそこまで嫌そうには見えない。

咲と黒田くんはほかのクラスの男子たちと輪になって盛り上がっていた。咲は騒ぐタイプではないから腕組みしながら立ってるだけ。

横目に見ながら通りすぎようとした瞬間、視線を感じて振り向けば。

ドキン。

思いっきり目が合って、その真剣な瞳にドキッとさせられた。今日一日でこんなふうに目が合うのは何度目だろう。

ふとしたときに視線を感じて咲を見ると、必ず目が合う。うぬぼれてるだけかもしれないけど、咲はたぶん私を見ている。

そこにどんな思惑があるのかはわからないけど、目が合うたびに胸がざわついて落ち着かない。

「鳳くんって、葵のことよく見てるよね」

「えっ！」

「葵もめちゃくちゃ意識してるよね。鳳くんのこと」

「ちょ、花菜！　なに言ってるの」

「なにって、思ったことをそのまま言ってるだけだよ。葵ってば、動揺しすぎ〜！」

「やめてよ、動揺なんてしてないから」

「照れなくてもいいじゃん。お似合いだと思うよ、葵と鳳くんは」

花菜はニヒッとかわいく笑った。

「本当にそんなんじゃないよ……」

だって、私は——。

思わず左胸に手を当てた。

心臓は拍動を繰り返し、たしかに正常なリズムを刻んでいる。手のひらにかすかにふれる振動。それが私が今生きている証。

いつ止まるかわからない私の心臓の寿命は、刻一刻と迫ってきている。

あと五年——。

二十歳まで生きられればいいほう。

「ねぇ、大丈夫？　なんだか急に元気がなくなっちゃったから心配だよ」

駅に着き、花菜は私を上から見下ろす。血色のいい健康的なお肌に、桜のような薄ピンク色の唇。花菜のハの字に垂れた眉を見て、慌てて笑顔を作った。

「大丈夫だよ、ごめんね」

暗くなってちゃダメ。悔いのないように生きるって誓ったんだから。

「鳳くんとのこと、しつこく言いすぎたよね。ごめん！」

顔の前で両手をパチンと合わせて申し訳なさそうな表情を浮かべる花菜の言葉を、明るく笑い飛ばす。

私と咲は友達。そう、友達なんだ。

それ以上でも以下でもない。

だって……そうじゃなきゃ別れがもっとつらくなる。


地元の駅に着くと、ロータリーにお父さんの車が停まっていた。

「お父さん、ただいま。仕事は？」

後部座席のドアを開けて車に乗り込む。

「おかえり、葵。たまたま外に出る用事があったんだよ。今日は定期受診の日だから、このまま病院へ行こうか」

車が発進し、流れゆく景色をぼんやりしながら眺める。

病院までは駅から車で十分ほど。この街で一番大きな大学病院だ。

主治医の先生は小さい頃から診てくれているベテランの女医さんで、心臓専門のとても有名な先生。

予約していたこともあって、ほぼ待ち時間なしで順番が回ってきた。

「定期検査もとくに問題ありません。顔色も良さそうだし、今のところ異常はないですね」

「ありがとうございます。最近ものすごく顔色が悪い日もあったりして、先生からの言葉を聞くまでは安心できなかったんですが……今やっと安心しました」

お父さんがホッとしたように息を吐く。

仕事をしてても、私の心配ばかりしているんだろう。それって私にとってはかなりキツい。

「神楽さんは心配しすぎですよ。そんなんじゃ葵ちゃんも窮屈《きゅうくつ》です。周りが病気を作ってしまうこともあるんですからね」

「え？」

「心配して疑ってばかりだと、本当にその通りになってしまいますから。葵ちゃんが大丈夫だと言う分には信じてあげてください。ね、葵ちゃん」

先生はニコッと笑ってウインクしてきた。美人で優秀な先生だけど、ちょっとおちゃめでかわいらしいところもあって憧れちゃう。小さい頃からずっと診てもらってるので、信頼もしてる。

「葵ちゃんも、もう高校生かぁ。出会ったときはまだ赤ちゃんだったのにね。ときの流れって早いわ。あ、ねぇ、学校で彼氏とかできた？」

「ちょ、先生！　なに言ってるんですか」

「だっていてもおかしくないでしょ？　高校生だもん。先生もそれくらいの年齢のときには彼氏がいたしね」

「か、彼氏？　葵、どうなんだ？」

「い、いないよ、お父さんまでなに言ってんのっ！」

「葵ちゃん、好きな人ができたら思いっきり恋していいんだからね」

「でも……」

私……。

あと五年しか生きられないんでしょ？

死んじゃうんでしょ？

「葵ちゃん？」

私は前に先生とお父さんが話しているのを聞いたのだ。

きっと先生は私がなにも知らないと思っている。だからそんなことが言えるのだろう。恋をしたって死んでしまうのなら意味がない。大切なものが増えるほど、つらくなる。だから、そんなものは私にはないほうがいいんだ。

私は先生に言い返せず、頭を下げて診察室を出た。

死ぬってことがどういうことなのかは、まだよくわからない。でも、だから怖いんだ。

いったい私はどうなっちゃうんだろう……。


屋上ですごす昼休みが、一日のうちでもっとも待ち遠しい時間になったのはいつからだろう。教室で花菜とすごす日もあれば、咲とふたりきりのときもあって、そんな日は花菜は違うクラスの友達といるようだった。

じりじりと照りつける日差しが暑くて、扉の近くの影になった場所でふたり並んでお弁当を広げる。

「今日もそれだけかよ」

小さなおにぎりがひとつと温野菜サラダのみのお弁当を見て、咲が眉をひそめた。

「そんなんだから肉がつかねーんだよ」

「いいでしょ、この組み合わせが気に入ってるんだから」

対する咲は購買で買った唐揚げ弁当だ。

「唐揚げやるから、食って体力つけろ」

「え、いいの？」

「ほら」

「わーい」

咲はなぜか唐揚げをつまんだお箸を私の口もとへ持ってきた。

え？

なに？

食べろってこと？

てっきりどこかへ置いてくれるんだと思ってたけど、違うの？

「早くしろ」

ウソでしょ、待って。

無理だよ、無理無理無理。

なに考えてんの？

「ちょっ、んぐっ……！」

戸惑っていると唇に唐揚げが押しつけられた。

ちょ、ちょっとー！

口を開けてモグモグ咀嚼《そしゃく》する。

「もう！　強引なんだから。でも、すっごいおいしい！」

思わず笑みがこぼれた。お肉が柔らかくジューシーで、衣もカリカリでとてもおいしい。

「だろ？　俺の大好物」

「あはは、子どもみたいだね」

咲はムッと唇をとがらせながら私の後頭部を軽く小突いた。

「いいだろ、好きなんだから」

ふれられたところが熱くてやけにじんじんする。

いやいや、好きって、唐揚げがって意味だから。なに意識しちゃってるの、私。

尋常じゃないくらいのこのときめきはなに？

前々からずっとそれは自覚してる。

咲といると病気とは違うドキドキがして、胸の奥が小さく音を立てること。

いや、待て、違う、絶対に、ときめいてなんかいない、勘違い、そう勘違いだよ。

「わ、私、先に教室に戻ってるから！」

どうにも落ち着かなくなって、急いで食べ終えると咲を置いて教室に戻った。

「あ、神楽さん発見！」

「黒田くん……」

「どうしたの？　顔赤いけど」

「えっ⁉」

「あ、もしかして咲といた？　昼休みにふたりで消えるし、一緒にいるんだろ？」

黒田くんにまでからかわれて、心臓が破裂しそうなほどうるさくなった。

咲って聞くだけで、心臓が反応しちゃう。

「ま、いいや。それよりさ、神楽さんにお願いがあるんだ」

「なに？」

「もうすぐ中間テストじゃん？　花菜ちゃんに一緒に勉強しようって誘ったら、ふたりきりは嫌だって言うんだよね」

「私にも参加してほしいってこと？」

「そ！」

黒田くんの人懐っこい笑顔に負けてしまい、早速、今日の放課後に勉強に付き合うことになった。

花菜と黒田くんとは駅まで一緒なので三人そろって教室を出ようとすると、うしろから突然強く腕を引かれた。

「ひゃっ！」

いきなりのことに驚いてマヌケな声が出た。振り返ると咲がなんとなくトゲのある視線を私に向けている。

「どっか行くの？」

「え？」

「や、だって翔と一緒だし。あいつ、めちゃくちゃ浮かれてるから」

「あ、うん。これからカフェに行くんだ」

「ふたりで？」

「へっ？」

「葵と翔のふたりで行くのかって聞いてるんだよ」

「ううん、花菜と三人でだよ。勉強しに行くの」

どことなく不機嫌な視線に心臓が縮こまりそうになる。

「俺も行く」

「咲も？」

「なに？　不満？」

「ううん」

そんなに一緒に勉強したかったのかな……？

もしかして、テストがピンチとか？

切羽詰まってる感じだもんね。

高校の最寄り駅のカフェは、学生たちでにぎわっていた。店内には香ばしいコーヒーの香りが漂い、それぞれ飲み物をオーダーして四人がけの席に着く。

私と花菜が並んで座り、私の向かい側に咲、花菜の向かいに黒田くんが座った。

「花菜ちゃん、ここ教えてもらっていい？」

「うん、どこ？」

早速花菜と黒田くんはふたりの世界に突入した。

私はどうしようかなぁ。せっかくだからこの機会に勉強したい。授業にはなんとかついていけているという状態で、高校生になって初めてのテストに不安しかないのが本音。

「咲の苦手な教科は？」

目の前で優雅にフレッシュバナナジュースを飲む咲に問いかける。

見ている限り、咲はバナナが大好きらしい。ブラックコーヒーとか飲みそうなのに、見た目とのギャップが激しすぎて笑える。

「べつにない」

「え？」

ない？

「咲って何気にできるヤツなんだよ。中学んときも学年トップだったし。でも教え方が超ヘタなのっ！」

泣きマネをしながら切実な目で黒田くんが訴えた。

「が、学年トップ!?」

咲が？

信じられない。そんなそぶりひとつもなかったじゃん。

「受験のときは新入生代表に選ばれるのが嫌だからって、適当に手を抜いたらしいよ。そしたら風邪引いて入学式休んでんの。バチが当たったんだよ、みんな必死に受験してんのに」

「へぇ、鳳くんって頭がいいんだね」

「べつに、普通だよ」

しれっと答えて再びバナナジュースに口をつける。

話してみないとわからないことっていっぱいあるなぁ。

知ってるようでまだ知らない咲の顔がたくさんある。

どんな家に住んでいて、何人家族なんだろう。兄弟はお兄さんがひとりと、あとは誰かいるのかな。

友達が多い咲には、今まで好きな人や彼女とか……いたことあるのかな。

どうして気になるんだろう、咲のことがこんなにも。

花菜に借りて読んだ少女漫画では、相手のことが知りたいと思ったらそれはもう好きな証拠だとヒロインの友達がヒロインに言っていた。

もしかして、これが恋……？

咲のことが好きなのかな……。

いやいや、ないでしょ。だってそうでなきゃいけない。

参考書を開いて読んでみるけど、目の前の咲を意識してしまって全然頭に入ってこない。

咲はスマホをいじって、なにやら動画を観ているようだった。

勉強しなくても余裕ってことなのかな。

「おまえ、またライブ動画観てんの？」

黒田くんが咲のスマホ画面を横から覗き込む。

「おお、すげー。おまえのアカウント、またフォロワーが増えてるじゃん。相変わらずなんも投稿してねーな、少しはなんかしろよ」

「兄貴が勝手に人のスマホで作ったアカウントだからな。俺はべつに興味ないのに」

「興味ないヤツのフォロワーが一万人超えで、バズって有名になりたい俺のフォロワーはせいぜい百人かぁ……世の中不公平だよな」

ふたりのかけ合いを、花菜と聞きながら笑う。見せてもらった咲のアカウントは、類さんが勝手に作ったというわりにはトップの写真がスタジオらしき場所でギターを弾いてる姿で、めちゃくちゃカッコ良かった。

これならフォロワー一万人超えも納得できる。

「葵はSNSやってないの？　アカウント教えてよー、フォローするからさ」

「私、そういうのはまったくやってないんだよね」

「たしかに神楽さんってそういうのに疎《うと》そうだよね。のほほんとしてるというか、おっとりなイメージ」

「いや、こいつはわりと気が強くて生意気だぞ」

黒田くんの言葉にかぶせるように咲が口をはさむ。私ってそんなイメージなんだ。自分ではわからないから、人から聞かされて初めて知ることが多い。

「おまけに意地っ張りで頑固で変な女」

「ちょっと、さっきから私の悪口ばっか。ひどい」

「ふはは、それが咲の愛情表現だよな？」

黒田くんがからかうように笑った。

花菜も私の隣でニヤッとする。

「鳳くんって素直じゃなさそうだもんね。好きな子イジメるタイプでしょ。少女漫画だとありだけど、実際にはもう少し優しくしたほうが女子ウケはいいよー！」

「か、花菜っ……！」

「そんなんじゃねーし！」

「そうだよっ！」

なに言ってんのと、慌てて否定する。

変な空気に包まれてまた妙に咲を意識した。目が合うとお互いあからさまにそらして、そんな私たちを見た花菜と黒田くんにまた笑われて。

うぅ、気まずい……。

そのあと気を取り直して勉強に集中した。


「葵、葵ってば」

「えっ？」

花菜に肩を叩かれハッとする。

「そろそろ帰ろうかって言ってて」

「あ、うん」

いつの間にか時間が経っていたようで、カフェのガラス窓の外の景色が夕焼け色に染まっていた。

広げていた参考書を鞄に戻し、ペンケースを片づける。三人はすでに帰る準備万端だ。

黒田くんが全員分の飲み物が載ったトレーを手に立ち上がると、それに花菜と咲も続いた。

そして、私も。けれど、座っている時間が長かったせいか、立ち上がった瞬間軽いめまいがした。

鞄が床に落ち、中身が飛び出す。

「なにやってんだよ」

咲がやれやれといった顔で振り向いた。

「ご、ごめん」

しゃがんで拾おうとすると同じように咲もしゃがんだ。

「ほら」

参考書を受け取って再び鞄へ。

「ごめんね、ありがとう」

「これも葵の……？」

咲は遠くのほうに飛んでしまった小さなピルケースに気がついた。

「あ、うん、私のっ」

拾おうとすると先に拾われてしまい、咲は目の高さまで掲げて、まじまじと眺める。

「……薬？」

ドクンドクンと変に心臓が高鳴る。べつに悪いことをしているわけじゃないのに。

「ばあちゃんが飲んでんのと似てる気がするけど」

「い、痛み止めとか、いろいろ入ってるの。返して」

「……ふーん？　ほら」

返してもらいホッとする。深くつっこまれたらどうしようかと思ったけど、咲はそれ以上は聞いてこなかった。

きっと変に思ったはずだ。

「うっ……はぁ」

息切れがして……苦しい。

今日はちょっとがんばりすぎたかなぁ。

これはヤバいかも……。

あとで薬飲まなきゃ。

そしてゆっくり帰ろう。そうすればきっと、大丈夫。

カフェを出るとすぐに駅に着いて、ホームが反対側の花菜とは改札でバイバイした。

「電車来るよ！」

黒田くんが声を上げる。

階段を一段上がるだけでも息が切れてツラく、ペースがだんだんと落ちていく。

足がこんなに重いと思ったことってこれまでにないかも。

「はぁはぁ……」

発作の前兆は自分でもなんとなくわかる。まだ大丈夫だけど、これ以上無理をすると倒れるかもしれない。

「神楽さん、急いで！　ドアが閉まるよ！　先に乗って待ってっからねー！」

すでに階段を上りきった黒田くんが上から叫んだ。その隣には咲もいる。

「はぁ、はぁ……っ」

手すりをつかみ大きく息を吸う。グラグラと目の前が揺れて、足を踏み外しそうになった。だけどギリギリのところで踏みとどまり、肩で息をする。

ヤバい、ダメ、かも。

立っていられなくて、その場にしゃがんだ。

「葵！」

咲の声がしたかと思うと、バタバタと階段を駆け下りてくる足音がして隣に気配がした。

顔を上げることができない。

「大丈夫か？　どうした？」

肩にふわっと手が置かれ、焦った様子の咲が顔を覗き込んでくる。

「具合が悪いのか？」

「大丈夫、少し休んだら……落ち着く、から」

わざわざ戻ってきてくれたんだ。

「ごめん、電車……間に合わないね……」

「バカ、そんなこと言ってる場合じゃないだろ」

そう言い咲は私の身体に腕を回すと、支えながら立たせてくれた。

「さ、咲……？」

「つらいんだろ？　寄りかかってていいから」

ぶっきらぼうだけど、安心させてくれる優しい声音。

弱っているときだからなのか、優しさがストレートに伝わってくる。

こんなときなのに、密着したところが熱くてドキドキしてしまう。

私の心臓、このままどうにかなっちゃうんじゃないかな。

そんなことを考える余裕があるから、まだ大丈夫。

「無理すんなって前にも言っただろ。こういうときは頼れよな」

「……っ」

不意に胸が熱くなって、咲の声が優しく全身に染み渡っていく。

そのままふたりでホームへ上がると咲は私をベンチに座らせて、「待ってろ」と言い自販機へ走った。

「水飲めるか？」

「うん、ありがとう……」

ペットボトルを受け取る。わざわざフタを開けて渡してくれるささいな優しささえも、胸の弱いところを刺激する。

「おいしい……」

水が身体の内側に染みわたっていき、胸の痛みが和らいだ気がした。

少し休憩すれば、徐々に脈も戻って動悸も治まってくる。

二十分ほど休んだあと、ホームにアナウンスが流れたタイミングで咲が恐る恐る尋ねた。

「電車乗れそう？」

「先に帰って？　私はひとりでも大丈夫だから」

「バカ、帰れるわけないだろ」

よっぽど心配させてしまっているのか、ハの字に下がったままの眉。

「言ってんだろ、ほっとけないって」

いつもは強気な咲が、めずらしく弱気だ。

そんな顔しないでよ。

いくら病気を隠していたって、知られるのは時間の問題だ。このままもしこんなことが続けば、変に思われるに違いない。同じクラスには中学の同級生もいるから、誰かから噂が広まる可能性だってある。

そしたらきっと咲や花菜の耳にも入るよね……。秘密にしたくても限界がある。それは最初からわかっていた。だけど知られたくない。でも、私の口からよりも先に、噂で知られる方がもっと嫌かも……。

「なに思い詰めたような顔してるんだよ」

「し、してないよ、そんな顔」

「テストの心配でもしてんのか？」

「テスト……そっか、それもあるよね」

「なんだよ、それもって。変なヤツだな」

くくっと喉を鳴らして笑う咲に、胸がときめく。

だけどすぐにそんな想いを打ち消して、必死に自分の気持ちに気づかないフリをする。

「ねぇ……咲」

「ん？」

「私ね、心臓が悪いの……」

自然と口から言葉が出た。咲には『私』を知ってほしいから。

「……うん、なんとなくそうかなって……」

感情の読めない淡々とした声だった。

「俺のばあちゃんが飲んでるのと同じ薬が、さっきピルケースにあった。それで、ばあちゃんも心臓が悪いから……」

やっぱり気づかれていたんだ。いろいろと思う節はあったんだろう。確証を得て黙り込む咲の表情には、戸惑いの色が浮かんでいる。

「やだなぁ、そんな顔しないでよ。今すぐ死ぬってわけじゃないんだからね！」

明るく笑い飛ばすと「わかってるよ」と、これまた冷静な声が返ってきた。そこまで重く捉えてほしくない。

「やっぱり、心配？」

「そりゃあ、そうだろ。葵は『大丈夫』ってそれしか言わねーし。頑固だからな」

「咲に打ち明けたのは同情してほしいからでもなんでもなくて」

「わかってるよ」

「………」

「ちゃんと全部わかってる。けど、葵はなんもわかってない」

力強い眼差しでじっと見据えてくる咲。

「大切なヤツが困ってたり苦しんでたりしたら、助けたいと思うのは普通の感情だろ。同情なんかじゃなくて、俺はただ力になりたいだけなんだってこと、ちゃんと理解しろよな」

「………」

大切な、ヤツ……。

大切な……。

頭の中でその言葉が繰り返される。

どうしよう。

心臓が別の意味で痛い……。

ううん、痛いんじゃなくて苦しい。甘酸っぱくて、温かくて、優しくて、そんな甘い苦しさ。

どうすればいいの、この気持ち……。

咲への想いが確実に大きくなっていて、もう隠しきれない。

私は……咲が好きだってこと。

だけど……私には咲を好きになる資格なんて、恋をする資格なんてない。

私は誰かを好きになってはいけない、恋をしてはいけない。

「なんかあったら一番に俺に言え。力になりたいから」

「ありが、とう」

まっすぐ見つめてくる咲の目を見ることができなくて、私はただ拳をきつく握ってやり過ごした。

Heart＊3

揺れる想いと恋心

七月も中旬に入って、カラッとした晴天が続く毎日。気温はぐんぐん上がり、じっとしているだけで汗をかく。

心配していたテストの出来は、私としては良くも悪くもなく、赤点を取らなかっただけでも良かったと思うことにした。

咲はなんと学年トップだったらしく、花菜もクラス上位。

あれだけやばいと言っていた黒田くんも、私なんかより出来が良くて、順位を下から数えたほうが早い私とは大違いだった。

「でさ、もうすぐ夏休みじゃん？　四人でどっか行かない？」

「あたしは葵とふたりで遊びたい」

昼休みの屋上は灼熱《しゃくねつ》地獄なので、最近は教室で花菜とお弁当を食べるのが日課になった。

なぜだか咲と黒田くんも混ざって、最近は四人ですごすことも多い。四人でわいわいとにぎやかだけど、その中心は主に黒田くんだ。

「なんで？　夏だよ？　夏こそ弾けられる季節なんだからさ〜！　みんなで遊ぶほう

が楽しいって！」

「あたしにこだわらず、ほかの子と遊べばいいじゃん」

「は？　なに言ってんの！　花菜ちゃん以外と遊ぶわけないじゃん！」

「あー……はいはい」

花菜の面倒くさそうな返事にクスリと笑みがこぼれる。

どうやら黒田くんはまだ花菜を諦めてはいないらしい。

「神楽さんはどう？　俺らと遊びたいっしょ？っていつまでも『神楽さん』じゃよそよそしいよね。これからは葵ちゃんって呼ぶわ。俺のことは『翔』でいいよ」

「えっ、うん、わかった。って、めっちゃいきなりだね」

話に脈絡がなさすぎて思わず苦笑いしてしまう。

「葵ちゃんも来てよ。じゃなきゃ花菜ちゃんが来てくれないから」

「翔くんの目的は、どこまでも花菜ってわけか」

「当然！　あ、でも、葵ちゃんと遊びたいっていう気持ちも数ミクロンはあるよ」

「なにバカなこと言ってんだよ」

「はは、やくなよ咲～！」

今日もいつものように盛り上がる。こんなささいなやり取りをしてるときが一番楽しい。

「そういや、週末に神社の祭りがあるよな。あれみんなで一緒に行かない？」

「あー、花火が上がるんだっけ。人混みでさり気なく手なんかつないだりして、気になる異性同士なら確実にお近づきになれるイベントだよね」

「私、今まで行ったことないから行ってみたい！」

「え？　行ったことないの？」

黒田くんだけではなく、これには花菜も、そして咲までもが驚いていた。

今どきお祭りに行ったことがないって、そこまでめずらしいことなのか。

小さい頃は今よりも病状が安定せず、入退院を繰り返していたこともあって、夏休みは病院のベッドの上か、家で過ごしていた記憶しかない。

そもそも花火やお祭りは人混みだからと、心配性のお父さんが許してくれなかったのもある。

でも今年は、お父さんの指図は受けない。やりたいようにやるんだから。


「ねぇ葵」

放課後、花菜とふたりで駅までの道のりを歩いているとなにかを企んだような顔で花菜が詰め寄ってきた。

「どうしてもお祭りに行きたい？」

「え？　うーん、そうだなぁ」

　結局さっきは話途中でチャイムが鳴って、そのままになってしまった。黒田くんは行きたがっていたけど、花菜が気乗りせず、保留という形だ。

「あたし、いいこと思いついたんだけどさ」

「いいこと……？」

　この顔は〝いいこと〟を企んだ顔だったのか。こういうときって、たいてい〝いいこと〟じゃないんだよね。

「鳳くんを誘ってふたりで行ってきなよ」

「えっ!?」

「いいじゃんいいじゃん。だって、どうしても行きたいんでしょ？」

　動揺してたじろぐ私に、花菜がニヤリと笑う。

「だ、だからって、なんで咲とふたりなのっ」

「いいじゃーん、鳳くんも葵が行きたがってること聞いてたし、軽いノリで誘ってみなよ。きっと付き合ってくれると思う」

「なに言ってんの、誘えるわけないから」

　咲が付き合ってくれるかだって怪しい。

　それに思い出が増えれば増えるほど、もっと生きたいと願ってしまいそうで怖い。

「胸キュンしてきなさい」

花菜め……。

家に帰って、いつものようにベッドの上でゴロゴロする。

花菜に言われたことが頭の中をぐるぐる回って、スマホのメッセージアプリを開いたり閉じたり。

あのときは恥ずかしくてとっさに否定したけど……。

お祭りに行きたい。

だけどこんな私が咲を誘ってもいいものなのか。服の上から左胸の部分をそっとさわる。トクトクと小さな鼓動が手のひらに伝わった。

思い出をつくるのが怖い以上に、本音では咲と一緒の時間を過ごしたい気持ちが強い。

ピローン

「わぁ！」

び、ビックリした。

メッセージアプリを開いてさらに驚く。まさにリアルタイムで咲からのメッセージだった。

【週末、花火行く？】

花火って、神社でのお祭りのことだよね。

ふたりでってこと？

それとも黒田くんも一緒？

わー、どうしよう……。

まさか咲から誘ってもらえるなんて、動揺してスマホを落としそうになる。とにかく返事をしなきゃ。

【うん、行きたい！】

そのあとは【ＯＫ】というスタンプのみの返信が返ってきた。

どうしよう、まだ週末は先なのにめちゃくちゃ緊張してきた。

次の日、さっそく花菜に報告すると、花菜は「きゃあ！」とテンション高く私の手を握った。

「良かったね、葵！　いいなぁ、うらやましい！」

「あはは……花菜、テンション高すぎ」

「えー、だってさぁ！　ねぇ、告白されたらどうする？」

「な、なに言ってんのっ。ありえないから」

ギョッとしながら花菜を見る。なんてことを言うんだ。

「誘われたってことはめちゃくちゃ脈ありじゃん。鳳くんなら許す、付き合ってよし。

あー、ついに葵も彼氏もちかぁ」

ガックリと大げさなほどに肩を落とす花菜。

「もう、ホントにやめてよ。咲はそんなつもりで誘ったんじゃないと思う」

「なに言ってるの。そんなつもりじゃなきゃどんなつもりよ。前は近寄り難いオーラを放ってた女嫌いの鳳くんが、優しくなったってみんな言ってるよ。間違いなく葵に気があるって！」

「みんなって誰よ？　どうせそんなに言われてないでしょ」

あははと冗談で笑い飛ばす。

花菜が言ってることは間違ってはいない。

たしかにここ最近の咲は雰囲気が優しくなったというか、トゲトゲしさが見られなくなったから。

「それって絶対葵のおかげだと思うなぁ。知ってる？　鳳くんって、葵といるときだけすごく穏やかな顔してるの」

「えぇ、そんなことないって」

「普段クールな人が自分だけに特別な顔を見せてくれるって、キュンポイントが高いよねー！」

「……あはは」

花菜の言う通り、私が咲の特別な存在になれているんだとしたら、すごくうれしい。

『でも、ダメ』

いつだって、そうやって自分の心に言い聞かせる。大きくなりすぎて止められなくなる前に、自分でブレーキをかけなきゃいけない。だって、私は普通じゃないから……。

多くを望んでもきっと最後には失ってしまう。普通に学校に通って、みんなと同じ教室で授業を受ける。そこからしてもう、私には普通ではないのだ。

明日どうなっているかわからない状態の中で、命があることが、こうして生きているということが、奇跡のようなもの。

いつ終わりが来るかわからないから、いつ終わりが来てもいいように精いっぱい生きる。

そしたらきっと悔いは残らない。

だから私は今ある命に感謝して、明日も生きていられることを願いながらすごす。

それだけで良かったはずで、多くを望むつもりなんてなかった。それなのに学校生活に慣れてくると、どんどん欲ばりになる私がいた。

普通の日常がおびやかされるのを恐れながらも、心では咲を求めてる。

ダメだとわかっているのに、止められない……。

私はいったい、どうしたらいいんだろう。

考えれば考えるほどわからなくなって、身動きが取れなくなる。


「明日夕方五時に駅前な」

金曜日の放課後、帰ろうとすると前の席で荷物をまとめていた咲が振り返った。

三日前にメッセージをもらってから今日この瞬間まで、明日はどうするんだろうってひそかに思っていた。

あまりにもなにも言ってこないから、もしかすると忘れてるのかなって思っていたけど、違ったようだ。

「聞いてる?」

顔を覗き込まれ、ハッとして思わず後ずさる。

そんな私を見て怪訝に眉を寄せる咲の顔を直視できない。

「聞いてる!　五時ね!　じゃあバイバイ!」

声が大きく上ずった。これじゃあ意識してるのがバレバレだ。

恥ずかしくてたまらなくなって、小走りで教室を出た。

家に帰ってごはんをすませ、お風呂に入ってから夜は早めにベッドに入った。

放課後からずっと咲の顔が頭にある。緊張して眠れないなんて、初めての経験だ。

考えないようにしようと思えば思うほど逆効果で、胸の奥が締めつけられて苦しくなった。

会いたい、早く……。

明日は楽しみだなぁ。


約束の時間の二十分も前に駅に到着した私は、柱によりかかりながら深呼吸を繰り返していた。

どうしてこんなに緊張するの。

昨日からずっと、私の心臓はおかしい。

お祭りに行けるって確信してから、心拍が早くなりすぎてる。

これは病気の痛みなんかじゃない。

結局、昨日は目を閉じていたらいつの間にか眠ってしまったけど、今朝は学校のときの時間よりもかなり早くに目が覚めてしまった。

今日一日緊張していて、胸がいっぱいでごはんもほとんど喉を通らず、お父さんに心配されてしまったほどだ。

　お祭りに行くことをお父さんに伝えると、会場まで車で送ると言い出したけれど、どうにか断って家を出ることに成功。さすがに帰りは迎えに来そうだけど、そこまで考えたらキリがないからやめた。

　今日、初めて着る花柄のワンピースは、今月に入ってからお父さんにネットで買ってもらったもの。膝上丈のひらひらのスカート部分がかわいくて気に入っている。

　暑いから髪はアップでおだんごにした。

　ちょっとはかわいいって思ってくれるかな。思ってくれたらいいのにって、また私は欲ばりなことを考えてる。

　あー……、どんな顔で会えばいいんだろう。

「神楽？」

　高校生くらいの男子が、一度、私の前を通りすぎたのに、わざわざ戻ってきて私に声をかけてきた。

　黒髪に眼鏡姿のいかにもな優等生タイプで、この顔にはどこか見覚えがある。

「坂田《さかた》くん？」

「そう、俺だよ、坂田。わー、びびった。まさかこんなところで会うなんて。中学の卒業式以来じゃん？」

人懐っこく笑う坂田くんとは、中学三年生のときに同じクラスだった。

物腰が柔らかくて、誰に対しても態度を変えたりせず、いつもニコニコしていた記憶がある。

当時、一度だけ隣の席になったことがあって、忘れ物をしたときやわからないことがあったときに聞いたりしてお世話になった。

「ホントに久しぶりだね！」

中学のときは身長が一緒くらいだったと思うけど、見ない間にちょっと伸びた？

顔つきも前はかわいい感じだったのに、なんだか男らしくなった気がする。

「な！　元気だった？」

「うん、元気だよ。坂田くんは？」

「俺も見ての通り。そっかそっか、神楽が元気そうで良かったよ」

坂田くんはほんのわずかに眉を下げて短く息を吐き出した。私が元気そうなのを見てホッとしたような、安心したような表情だ。

「ホントに元気そうで良かった」

その言葉の裏側に病気のことが含まれていそうな気がした。

「坂田くんは友達とお祭りに行くの？」

「うん、高校の友達と。神楽は？」

「私も友達とだよ」

「そっか。もう相手は来てるとか？」

「え、どうだろ」

駅の改札口付近は待ち合わせと思われる人たちでにぎわっている。さっと見回してみたけど、咲の姿はまだない。

そう思い、再び坂田くんに視線を戻したとき隣に人の気配がした。

「待った？」

え……？

ふと見上げた横顔に胸がキュンと高鳴る。

腕と腕がふれるほどの距離。いきなりこんなの不意打ちすぎる。

「あ、やっぱり知り合いだったんだ。神楽の真うしろからずっとこっち見てるから、もしかしてと思ってたんだ」

「え、真うしろ？」

いつからいたんだろう。

「それなら、もっと早く声かけてよ。急にビックリするじゃん」

「ああ……やけに楽しそうだったから、邪魔しちゃ悪いと思って」

やけにトゲのある口調で、不機嫌そうに唇をとがらせる咲がそこにいる。

「えーっと坂田くん。この人は同じクラスの友達で咲っていうの」

その流れで、咲にも坂田くんを紹介した。坂田くんはもともと人見知りしないタイプだから、フレンドリーに咲に笑いかけていたけど、それに対して咲は終始無表情だった。

誰とでも仲良くできるタイプじゃないのは知ってるけど、坂田くんに対してやけに無愛想に感じるのは気のせいかな。

「じゃあ、俺も友達が来たから行くわ。またな、神楽！」

「うん、バイバイ！」

坂田くんはにこやかに手を振りながら友達のもとへ駆けていく。私もそんな坂田くんに手を振り返した。その直後に突き刺すような視線を感じてふと隣を見る。

「ねえ、なんだか機嫌悪い？」

「……べつに」

微妙な間がちょっと気になる。

『やけに楽しそうだったから、邪魔しちゃ悪いと思って』さっきの言葉も。

咲はジーンズに青のTシャツで、ボディバッグを背中で斜めがけにしたラフな格好。スタイルがいいからなにを着ても似合うのがうらやましい。

そしてカッコいい……。

久しぶりに見る私服姿にときめいてしまった。

「あ、えっと、ここから電車だよね？　改札入る？」

「あー、そうだな。行くか」

パスケースを取り出して改札にかざす。エスカレーターでホームに上がって電車を待った。

さっきから隣にいる咲を意識してばっかり。咲はあからさまに視線を外し、私と目を合わせようとしない。

「あの、さ……」

緊張がほとばしる中、気まずい沈黙が破られる。

「さっきの」

「うん？」

「坂田ってヤツ、葵のなに？」

「え？」

咲はチラリと私の目を見たあと、すぐにまた視線をそらした。

「中学時代の友達だよ」

「友達、ね。俺も坂田と同類かよ……」

ちっという舌打ちのあとに聞こえてきた小さな声。それだけ言うと、咲はとうとううつむいてしまった。

「ねえ、どうしたの？」

はっきり言ってくれなきゃわからない。

「やなんだけど」

「え？」

「友達とか、やなんだけど」

「うん？」

坂田くんと私が友達なのが、気に入らないの？

ますますわけがわからなくて首をかしげる。

「俺が……、葵と友達でいるのがやなんだよ」

「え……？」

「葵の知り合いに、俺を『友達』って紹介されるのがすっげーやだ」

「え……？」

それって、どういう意味？

「あー……くそっ。今、言うつもりはなかったのに」

数秒の沈黙のあと、咲は覚悟を決めたかのように口を開いた。

「俺は葵と友達以上の関係になりたいってことだよ」

「な……っ」

うつむく咲の横顔が赤くて、私まで全身が熱くなった。

友達以上の関係……。

いくら鈍感な私でも、そこまで言われたらさすがにわかる。

咲は私のこと……っ、ううん、はっきり言われたわけじゃないのにうぬぼれるな。

「なんでわかんねーんだよ……あー、はっず……っ」

「……っ」

「どうでもいいヤツを、祭りに誘ったりするかよっ」

だんだんと弱々しくなっていく声に、胸が苦しいほどに締めつけられる。

「そこまで言えばわかるよな、マジで。つーか……わかってください、ホント。これが俺の限界なんで」

咲の顔が見られず、どんな表情をしているのかはわからない。でもきっと、誰がどう見てもわかるくらい真っ赤なのだろう。そして、私も……。

生ぬるい風が私たちの間を通り抜ける。

ホームにアナウンスが流れて、しばらくすると電車がやってきた。

「ほら、行くぞ」

「え、あ……」

咲は前を向いたまま、さり気なく私の手を取り、人の流れに乗って電車の中へ。その手は小さく震えていて、ぎこちなさが指先から伝わってきた。

緊張で目を合わせることができず、車窓から流れる景色を黙って見ていることしかできなかった。

電車に揺られること数分、お祭り会場の神社がある駅に到着した。五時半を過ぎたというのにまだまだ外は明るくて蒸し暑い。

「祭りって、なんでこんなに人がうじゃうじゃいるんだろうな」

電車を降りてもなお、つながったままの手と手。

一度離れると二度とつながらない気がして、そんなのは嫌だから……。

そんなふうに考える私はずるいのかな。

「お祭りだから、だよ」

つながった手には気づかないフリで言葉を返す。さっきの告白も聞かなかったフリ。

そうしていれば、咲が私にさっきの返事を求めてくることもない。

「咲は人混みが苦手そうだよね」

「苦手っていうか、疲れる」

お祭り会場までの道のりを歩きながら、他愛もない話を続ける。

人にぶつかりそうになると、咲は優しく手を引いてくれたり、さり気なく端に寄ってスペースをあけてくれたり、その行動から彼の優しさが伝わってきた。

暑さのせいではない体の火照りが、いつまでたっても収まらない。

胸の奥からジワジワと『好き』があふれ出て、止められそうにない。

行き場のないこの気持ちを、どうすればいいというんだろう。

彼の気持ちに応えても、きっと悲しい思いをさせてしまう……。

「なんか食う？　俺、ちょっと腹減ったかも」

「あ、そうだね。うーん、なにがあるのかな」

とっさに笑顔を作った。

せっかく一緒にいられるんだから、今この瞬間だけは何も考えずに、純粋に咲との時間を楽しもう。

「うわー、こんなにたくさん出店があるんだ！」

神社までの道すがらはポツポツと、神社周辺になるとギュッと凝縮されたように所せましといろんなお店が並んでいる。

かき氷にたこ焼き、焼きそば、唐揚げ、イカ焼き、焼きとうもろこし、カステラ、タピオカドリンク、クレープ、フルーツ飴に、冷やしパインまで。

実際にはそんなに食べられないけど、見ていたらいろいろ食べたくなってくる。

「たこ焼き、美味しそう。タピオカドリンクも気になる」

「ぷっ、目キラキラさせすぎな」

「いいじゃん、楽しいんだから」

だからよけいなことは考えない。

「そうか、楽しいのか。それは良かった」

咲と一緒にいることができたら、どこにいたってきっと楽しい。

ふたりでもっと思い出をつくれたら、どんなに幸せなんだろう。

「よしっ、たこ焼きとタピオカな。並ぶぞ」

列に並んで食べものを買った。

ほかに食べたいものを聞かれたから、「カステラ」と答えたらまた笑われた。

カステラには長蛇の列。

それもたこ焼きやタピオカとは比にならないくらいの。

一緒に並ばせるのは悪い気がして「やっぱりやめよう」と言うと、「こういうのも祭りの醍醐味《だいごみ》だろ」と、なぜかそこでも笑われた。

二十分くらい並んで、その間もしっかり手はつながったままで。

ずっと……永遠にこの時間が続けばいいのに……なんて、私はそんなことを考えていた。

「この辺がいいかな。ちょうど人も少ないし」

お祭りの喧騒《けんそう》から離れて、神社の中ほどまでやってきた。

境内の一角の神木から、葉のざわめきが聞こえる。

出店がない場所だからか、それとも花火が見えるスポットではないのか、人の姿はほとんどない。

ベンチを見つけて、そこへ座ると一気に緊張感が高まった。

咲がビニール袋を探り、早速たこ焼きをあけた。

「食う?」

ビクン、声をかけられただけなのに大げさに反応してしまった。

それを見た咲が楽しげに笑う。

今日の咲は笑ってばかり。

それも学校では絶対に見せないような、優しい笑顔だ。

「ん」

そう言われて初めて、割り箸でつままれた無防備なたこ焼きが目に入った。

「食えば?」

固まっていると「早くしろよ」と急かされ、戸惑いながらも口を開ける。

胸の高鳴りは最高潮で、どうか咲に聞こえてませんようにと祈るしかない。

「うまい?」

「うん……こんなにおいしいたこ焼き初めて」

「ぶはっ、大げさだな」

でもほんとに……特別すごくおいしく感じる。

特別な場所で特別な人と食べるからかな。

ふたりでたこ焼きを半分こして食べたあと、カステラを食べた。

口の中にふわっとした甘さが広がって幸せな気分になる。

カステラの入った袋をベンチの真ん中に置いて、お互い食べたいときに取るスタイル。次の一個を取ろうとすると偶然にも咲と手がふれた。

「ご、ごめん……っ、先にどうぞ」

慌ててパッと離そうとすると、その手をギュッと握られた。

「さ、咲……？」

「好きだ」

時が止まったかのような錯覚に陥る。

「さっきは俺もテンパってて、言えなくて。おまえなんも言わねーし、もしかして伝わってないのかなと思ってさ」

「……っ」

「最初はなんて生意気な女なんだと思ったよ。気が強くて、意地っ張りで。弱いくせにそれを隠して無理に笑って」

さっきと同じように咲の手が震えている。

「けどさ、仲良くなるうちに、そんな葵のことが気になってほっとけなくなった」

咲の素直な想いが伝わってきて、手を握り返すこともつき放すこともできない。

「気づいたら、好きだったんだ」

切羽詰まったような真剣な声に、胸の奥がかき乱される。

「返事は今すぐじゃなくていいから。でも、できれば、前向きに検討してもらえるとうれしい……」

好き……大好き。

今すぐにでもそれを伝えたい。

咲と同じ気持ちを返したい。

でも……っ。

「……ごめんっ、咲の気持ちには、応え、られない」

私には……そんな資格なんてないんだ。

もう一度「ごめん」と謝って、握られたままの手を振り切る。

ズキズキと胸が痛くて、苦しい。

咲の手を握り返すことができたら、どんなに良かっただろう。

「……そっか」

咲はそう言ってまた笑った。一度離れた手は、この日はもう一度つながることはなく、この先二度とないんだと思うと、泣きたくもないのにブワッと涙があふれた。

家に帰るとさすがに少し疲れを感じた。早々にベッドに入ると、スマホを手に取り、ウェブ検索のページを開く。そして、『拡張型心筋症』と入力する。

自分が今どんな状態なのか、怖いけどちゃんと知らなきゃ。そう思い、検索をかける。

これまで何度、こうやって検索しただろう。でも、どれだけいろんな記事を読んでも、書いてある内容は全部同じだった。

拡張型心筋症は軽度から重度まで残された心臓の機能の問題によって病状はさまざま。でも、私の場合は重度で、助かる道は心臓移植しかない……。

移植しなければ私は二十歳まで生きられない。

これまでは、それが私の運命なら仕方ないって思っていた。精いっぱい生きれば、自分の運命を受け入れられるだろうって。

それでも今は死にたくないって……咲の隣で笑っていたいって、そんなふうに思ってる。

そのためにはどうすればいいのかと思って調べても、移植以外に方法はないらしい。移植の順番待ちをしていても、移植できずに命尽きてく人がほとんどらしい。ドナーはそう簡単には現れない。

誰かの心臓をもらってまで生きたいのか、私は。

もんもんとした考えがぐるぐると頭の中を巡っている。

ギュッと目を閉じると浮かんでくる咲の顔。

……でも、私、やっぱり生きたいよ。

生きて咲と一緒にいたい。

好きだって言いたい。

生きたい……そう、強く願った。

こんな気持ちになったのは初めてだった。

だって、私は

七月末、先週から夏休みに入った。一日のうちで一番太陽の位置が高く、最も暑い昼間の時間帯。

蝉《せみ》の鳴き声が響く中、花菜がこっちに向かって駆け寄ってくるのが見えた。

「葵、お待たせ〜！」

「花菜！」

夏休みに入って今日は花菜と駅で待ち合わせ。

花菜はミニスカートにダボッとしたTシャツを着て、ボーイッシュなスタイル。学校のときと違ってメイクもバッチリだ。すごく似合っててかわいい。

対する私は白のロングワンピース。きれいな感じではなくラフな格好。暑いから髪をひとつに結んでいる。

「それにしても鳳くんがライブに出るとはね〜！　あとで黒田も合流かぁ。それまではふたりで思いっきり楽しもうね！　どこ行くー？」

「そうだね、どこ行こうか？」

なんだか空元気。原因はわかってる。それでも今日は咲の歌声が聴けると思って、気合いを入れた。花菜と遊ぶのだって、楽しみにしてたんだ。

ふたりでカフェに入って涼むことにした。

冷房が効いていて、とても心地いい。

「葵は飲み物決めた？」

「うん」

店員さんを呼んでオーダーする。

しばらくするとオレンジジュースが運ばれてきた。

汗が止まらないほど暑かったから、ストローで一気に吸い込む。

冷たくておいしい。

「ねぇ、ひとつ聞いていい？」

花菜はアイスカフェラテを飲みながら上目遣いで私を見た。

いつもの花菜と違って、どこか表情がぎこちない。

「ん？　なに？」

「鳳くんのこと。葵はどう思ってるの？」

「………」

「夏休み前………鳳くんと葵、なんだかギクシャクして変な感じだった。なにかあったんじゃないの？」

「ないよ……なにも」

あの日、私は咲の告白を断った、ただそれだけのこと。

それ以降、避けられはしていないものの、私たちの間は確実にギクシャクしている。

前みたいに軽口を叩くこともなくなって、気まずい関係のまま夏休みに入った。

今日だって誘ってくれたのは翔くんだ。

もう一緒に笑い合える日は来ないのかな。

そう考えたら胸がズキズキして、ひどく締めつけられた。自分からそうなることを望んだくせに、私ってどこまで自分勝手なんだか。

「だったらなんでそんな悲しそうな顔してるの？」

悲しそうな顔。

今の私は誰が見てもそんな顔をしてるんだ……？

「気になるんだよ、葵のこと。なんで元気ないのかなって。最近、笑顔が引きつってるし、無理してるんじゃないかと思ってね」

花菜はこんな私を心配してくれている。

こうなった原因を作ったのは自分だから、落ち込む資格なんて私にはないのに……。

「花菜……私……っ」

最低なこと、しちゃった。

自分の気持ちにウソをついて咲を傷つけた。

「やだ、ちょっと葵。泣いてるの？」

「わた、し……っ」

次々とこぼれ落ちる涙。目頭が熱くて、胸がヒリヒリする。

ぬぐってもぬぐっても、涙が止まることはない。

「落ち着いて、ゆっくり息して。ね？」

気遣ってくれる優しい花菜の声に、ますます涙があふれてくる。

「咲のことが、好き……なの、に……っ」

でも、私には気持ちに応える資格がないの……っ……だって、私は二十歳まで生きられるかわからない。

だから……ずっと咲のそばにいることができない。

「なにがあったかゆっくりでいいから話せる？」

「う、うっ……」

「葵……」

しばらく泣いたあと、徐々に涙が引いていった。

「私ね……」

それから咲を好きになったこと、咲に助けてもらったときのこと、お祭りで告白されたこと、好きなのに告白を断って傷つけたことを詳しく花菜に説明した。

話し終えるとまた涙が浮かんで軽くうつむく。

「最低、だよね……っ」

花菜は時々、相槌を打ちながら最後まで黙って話を聞いてくれた。

「そんなことないよ。あたしも黒田に告白されたとき逃げちゃったし。そういうことだってあるよ。でもさ、なんでウソついたの？　好きならそのまま伝えても良かったんじゃない？」

「………」

「ま、鳳くんは人気者だもんね。女の子にもかなりモテるし、葵が引け目を感じるのもわかるよ」

そういうことではないのだけど……。

「そんなに後悔してるなら早いとこ素直になるしかないね。今度は葵から言えばうまくいくよ。だから腹をくくって好きって言っちゃいなー！」

ニヤニヤとからかうように笑う花菜。

「言えないよ……」

「なんで？　好きって伝えるの、恥ずかしい？」

「ううん、そんなんじゃない」

いや、それも多少はあるけど。

思いっきり首をかしげながらハテナ顔を浮かべる花菜。

止まったはずの涙があふれそうになって顔に力を入れる。

どう言えばいいんだろう。

花菜に話した時点で、咲とこのままの関係でいるのは嫌だと言ってるようなもの。

私はどうしたいんだろう。

「花菜、驚かせちゃうかもしれないいんだけど……」

「うん？」

「実は私ね、心臓病なんだ」

「え？」

覚悟を決めてそう伝えた。

花菜はスッと笑みを消して真顔になる。

「今まで隠しててごめんね。だから体育を見学したり、たまに学校休んだり。お昼に薬飲んでるのも、そのせいなの」

「そう、だったんだ……何か持病があるのかなとは思ってたけど、そんなにひどいの？」

「日常生活は普通に送れるけど、いつ発作が起きるかわからない状態だよ。だからいつも薬を持ち歩いてる」

それにね、ひどくなると……私は……ダメ、今その先を考えちゃ。

花菜によけいな気を遣わせるだけだ。

笑わなきゃ。

「あたし……なにも、なにも知らなかった……っ」

花菜は目に涙を浮かべて、歯を食いしばった。

泣かせたかったわけじゃないのに……。

「ごめんね……」

「謝らないで。ツラかったよね。あたしこそ、なにも知らなくてごめん……」

指先でそっと涙をぬぐう花菜。

優しくてとてもきれいな涙。

ちゃんと伝えようと思えば、いくらでもその機会はあった。でもそうしなかったのは、花菜が私から離れていくんじゃないかと思って怖かったから。

「もしかして、それで鳳くんに気持ちが言えないの？」

「……」

花菜から視線を左側へそらす。

「ごめん、よけいなこと聞いて。葵が幸せなら、あたしは葵の決めた答えを尊重するし、応援する」

「花菜……っ」

「でも……好きなんだよね？」

「うん……」

「あたしとしてはその気持ちを押し殺すようなことはしてほしくない、かな。それが葵の幸せだっていうなら、応援するけど。相当ツラいと思う……」

「うん……っ」

だけど夏休みに入って会えなくなってみて、あらためて気がついた。

咲に会いたいと思ってる私がいることに。

咲は今頃、なにしてるのかなって考えたり、咲の笑った顔を思い出したり。会えなくてさみしくて、〝好き〟がどんどん大きくなっていることに気がついた。

「このままでいいっていう顔じゃないね。よし、今日はこの花菜様に任せなさいっ！」

いまだに潤む瞳を細めて花菜は自分の胸を叩いた。

「任せなさいって？」

「葵のために今日はひと肌脱ぐから」

目に涙をためたまま、花菜は得意気に笑った。

「あは、花菜ってばメイクが崩れてるよ」

花菜を悲しませたくない。笑ってほしいから、私は笑った。とびっきりの笑顔で。

すると花菜も察してくれたのか、フッと頬をゆるめる。

「葵だって鼻水出てるからね？」

「え、ウソ!?　やだっ！」

「あはは、ウソだよ！」

「えー、もう！」

ふたりして泣いたから顔はぐちゃぐちゃ。そのぐちゃぐちゃな顔でふたりして思いっきり笑った。花菜といると心が落ち着く。どうすればいいか答えはまだ出ないけれど。

それでも今は咲に会いたい。

「よしっ、じゃあ行こっか。黒田が駅で待ってるらしい」

スマホを確認した花菜がやれやれと苦笑する。

会計をすませて外に出ると、一気に暑さが蘇った。

夕方、陽が沈みかけているというのに暑さは変わらず、ちょっと歩いただけで汗をかく。

「あ、黒田……」

そう言いかけた花菜の足と言葉が止まる。

同時に花菜の横顔がこわばった。

花菜の視線の先を追うと、駅前の待ち合わせスポットの前で、ふたりの女の子と楽しそうに笑っている翔くんの姿があった。

しかもきれいな女の子たちで、キラキラとまぶしい。改めて翔くんはそっち側の人なんだなぁと実感する。

立ち止まって動こうとしない花菜の腕をつかんで、私は翔くんのそばまで近づいた。

「あ、花菜ちゃん！　葵ちゃんも！」

にこやかに手を振る翔くん。相変わらずノリがいいというか、軽いというか。いつもの翔くんだ。

「ねぇ、誰ー？」

「かけるんの友達？」

女の子たちにジロジロと見られた。にらまれているような気がしないでもない。

「花菜ちゃん、ごめん。こいつら中学の同級生なんだ」

「あたしに言い訳なんてしなくていいから。どうも、早瀬です」

花菜は笑っているけど言葉が棒読み。

でもすごい、さっきは呆然としてたのに今は笑顔まで浮かべて堂々としてるなんて。

「どーもぉ、あたしらかけるんの中学の友達でーす」

張り合うようにひとりの女の子がにっこり笑う。だけど目が笑ってなくてめちゃくちゃ怖い。

「じゃあ行こっか。またな、おまえら！」

「バイバーイ、かけるーん！　早瀬さんも、そっちの人も」

ペコッと小さく会釈してその場を離れる。

翔くんって友達が多いんだな。

「かけるーん、だって。だっさ」

「え!?　花菜ちゃん、それって嫉妬？」

「はぁ？　なわけないでしょ！」

「俺、うれしい……！」

「だから違うって言ってるでしょ、バカ」

「花菜ちゃーん……！　大好き」

「うるさい」

なんだかんだ言いつつ、花菜もまんざらじゃないような……？

そう言ったら怒りそうだから言わないけど、お似合いだと思った。

演奏会場は以前と同じ店だった。開場前から列に並んで順番待ちをする。

ニコニコ顔の翔くんと呆れ顔の花菜。そして、ものすごく緊張している私。

「そういや、まだ咲には花菜ちゃんと葵ちゃんが来るって言ってなかった。ビックリするだろうなぁ」

「見えないでしょ、あたしたちの姿なんて」

「いや、結構ステージからでも見えてるらしいよ。俺、毎回あいつに居場所言い当てられるもん」

「へえ、よく見てるんだ」

私が来たって知ったら、どう思うかな……。

開始時間が近づいてくるにつれ、そんな不安が胸をよぎる。バクバクと悲鳴をあげる心臓。

会いたいけど、会いたくない、でも、会いたい……。

「葵、大丈夫？　具合が悪くなったら、ちゃんと言ってね」

「大丈夫、ありがと。花菜」

「え、葵ちゃん調子悪いの？」

「ううん、大丈夫だよ！」

「そ？　咲のヤツ、この頃様子がおかしいからさ。葵ちゃん見たら元気が出ると思うんだよね」

ギクリ。

やっぱり傷つけてしまったよね。

ライブが始まると会場の照明が落とされ、ステージにスポットライトが当てられる。

咲たちの出番はどうやら中盤のようで、まだかなまだかなってそんなことばかり考えながらステージを見つめた。

人混みにもまれながら、もみくちゃ状態。

本当にこれで私がどこにいるかなんてわかるのかな。

わかってほしいような、ほしくないような。

「次だぞ」

翔くんの声がしたそのすぐあとで、ギターの音が響いた。一度聴いたことのあるメロディに懐かしさがこみあげる。

咲の優しい歌声が聞こえたのと同時に、メンバー全員にスポットライトが当たった。

「きゃあああ！」

「咲くーん！」

咲の歌声はどこまでも澄んでいて、伸びやかで。ゾクゾクと全身に鳥肌が立った。

やっぱり咲の歌声がすごく好き。

歌声だけじゃない。

咲の全部がすごく好きだよ……。

じわっと涙が浮かんで慌ててぬぐう。

スタンドマイクの前に立ち、ギターを器用に操る咲はまるで別人。ちょっと乱れた髪の毛と、前髪の隙間から覗く力強い瞳。

いつも以上に見惚れてしまって目が離せない。

「ちょっと、めちゃくちゃうまいじゃん」

「だろー？　あいつの父親、ボイスレッスンの講師やってんだよ。有名な歌手を何人も輩出してきた超人気講師らしくてさ。そんな父親に咲も小さい頃から鍛えられたみたいだよ。母親もピアノ教室やってて、音楽一家なんだ」

「へえ、すごい」

翔くんと花菜のやり取りを聞きながら、咲の歌声に惹きつけられる。

ステージにいる咲はすごく遠い人のように思えた。

それにね、やっぱり私がいることには気づいていないと思う。

人気者の咲と地味な私は不釣り合いすぎる。ここにいるとそれをまざまざと感じた。

ここに来たこと、間違いだったかな。今になって怖じ気づいて、弱い私が見え隠れするなんて。

もうやめよう。ツラいけどなかったことにして、全部を忘れよう……諦めよう。

きっとそれがいい。多くを望んじゃダメだって、わかってたでしょ。

最後にもう一度咲の歌声が聴けて良かった。

これでまた私はがんばれるし、それだけで十分だ。

咲たちの出番が終わると私たちは会場を抜け出し、ロビーで一息つくことにした。

ずっと立ちっぱなしだったから足が重い。

「葵、ちょっと待っててね。黒田、こっちきて」

「え、なに？　愛の告白？」

「ふざけてないで、早くきて」

「はーい！」

私をひとり椅子に残したまま花菜と翔くんは私から離れていった。頭を寄せ合い、なにやらゴニョゴニョ話している。

なんだろ、ちょっと怪しいなぁ。そういえば、さっき花菜は一肌脱ぐとかなんとか言ってたよね。もう忘れるって決めたんだから、やめてもらわなきゃ。

「きゃあああ！」

突然、ロビーに悲鳴に近い歓声が沸いた。

「ねぇなんで、ここに咲くんが？」

「わかるわけないじゃん！」

「やばい、近くで見てもホントカッコいい！」

今忘れようって、そう決めたばかりなのに……。

姿を見ると決心はすぐに鈍りそうになる。

咲は私の目の前でピタリと足を止めた。

「な、なんで」

こうも私の心を揺さぶるの。

「ステージから葵の姿が見えたから」

ウソ、気づいてくれてたんだ……？

それだけで単純な私は舞い上がりそうになる。

「途中で気づいて、歌詞間違えそうになったし」

頬をかきながら無邪気に笑う咲に不覚にも鼓動が脈打つ。

そんなふうに笑われたら……。

気持ちとは裏腹に、心が好きだって叫んでる。

「これから時間ある？」

「…………」

どう、しよう。

どうしたい……？

私は……。

視線を巡らせた先、咲の背中越しに花菜と目が合う。

花菜は大きくうなずきながら力強くガッツポーズをしてくれた。隣で翔くんも笑顔で拳を握っている。

〝がんばれ〟そう言ってくれてるような気がして、胸が熱くなった。

ちゃんと向き合わなきゃ。

「外でもいいかな？　落ち着かなくて」

周りからの好奇の目に耐えられそうにない。

「ん、わかった」

ジーンズに無地の黒いTシャツとラフな格好の咲だけど、それだけでも十分絵になっている。

駅前はまだにぎやかで、たくさんの人であふれていた。

「さっきはどうだった？」

優しい瞳が私を捉える。今までギクシャクしてたのがウソのよう。

「良かったよ。咲の歌声にも感動した」

「前と同じような感想だな」

皮肉めいた声だったけど、その横顔はうれしそうだ。

「今回も助っ人で入ったんだ。ホントはメインボーカルがほかにいるんだけど、どうしても外せない用事が入ったらしくて」

「そっか」

その人の代わりにステージに立ってるんだ。助っ人なのに人気があるなんて、ホントにすごい。でもそれも咲の歌声を聞けば納得できる。

「突然来てごめんね」

「いや、葵の姿見つけたときはうれしかった」

「あんなに人がいっぱいいるのに、ステージからでも私だってわかるの？」

「もちろん、葵の姿はすぐにわかった」

どう反応すればいいかわからなくて黙り込む。

そのあと無言で歩いていると人にぶつかりそうになって、それを避けたら隣にいた咲の腕に肩がぶつかった。

一瞬だけど、指先もふれた。

「ごご、ごめんっ！」

ギュッ。

返事の代わりに咲の手が私の指に絡む。反動で見上げた横顔は真っ赤だった。トクントクンと心地いいリズムを刻む心臓。

もう二度と繋がることはないって思っていたのに……。

こちらを向くことなくただまっすぐ前を見据えている咲に声をかけられなくて、手をつなぎながら夜道を歩いた。

「ごめん……俺、ふられたのに。会うとやっぱダメだ」

涙が出そうなほど幸せな時間。

できるなら、この手を離したくはない。

ずっとつないでいられたら、どんなにいいかな。


駅から離れた閑散とした住宅地の中の小さな公園にくると、さっきまでの喧騒が嘘みたいに静かな時間が訪れた。

そのせいか、やたらと緊張感が高まる。

やだ、手汗かいてないかな。

神経が全部そこに集中して、ものすごく熱い。

真っ暗な中で街灯だけが頼りだ。

ベンチに並んで座るとようやく手が離れた。

「友達としてでもいいから、俺のそばにいてほしい」

「……っ」

泣きたくないと思えば思うほど、反対にジワジワ涙がこみあげる。

「葵」

膝の上で固く握った拳の上に、大きな手のひらが重なった。

その手はとても温かくて、弱りきった私の心を優しく包み込んでくれているよう。

目の前がゆらゆらボヤけて、頬に熱い涙の雫がこぼれ落ちる。

もしも私が病気じゃなければ……。

もしもこの先ずっと長生きできるなら……咲の隣にいられるのに……。

迷わずこの手を取って、大好きだって伝えるよ。

今にもあふれ出しそうな〝好き〟という想い。だけどその一方で、必死にそれを引き止める私がいる。花菜だって、せっかく応援してくれているのに。

「葵……？」

戸惑うような声がした。きっと咲は私の涙に気づいてる。でもなにも言わなかった。

「わ、私……っ」

嗚咽《おえつ》がもれて涙が次から次に流れ落ちる。

言葉が出てこない。

だって私は咲を傷つける言葉を言おうとしてる。

ごめんね、そんな私を許さなくていいから。

涙をぬぐって拳を握る。もう大丈夫だよというように、咲の手のひらを押しのけた。

「前に少し話したよね、私は心臓が悪いって」

「え……？　ああ、うん」

咲が首をかしげた。わずかにその瞳が揺れている。

「私の病名ね……拡張型心筋症っていうの……」

そう口にしたとたん、張り詰めた空気に変わったのを肌で感じた。

「かなり重度なんだ……。私のお母さんも同じ病気で……二十歳で私を産んでから、すぐに死んじゃったの……っ」

喉の奥から絞り出した声は、カラカラに渇いてかすれていた。

「私もね……お母さんと同じで、二十歳まで生きられないみたいなんだ……っ」

「え……？」

「……死ぬの」

それが私の運命。

「もしも、奇跡的にドナーが見つかって……移植手術を受けることができたら助かるかもしれない……っ」

「……っ」

「でも、きっと、その可能性は低いと思う……」

この先心機能は低下する一方で、そしたらもうこんなふうに咲とは笑い合えなくなる。

この恋に未来なんてない。

ツラい思いをするのは目に見えてる。

待ってるのは残酷な現実だけ。

「だから、ごめんなさい……っ」

そう言ってから立ち上がり、私はゆっくり歩き出す。走れないのがすごくもどかしい。

咲の顔は見れなかったけど、きっともうなにも言ってくることはない。

これで良かったんだよ、これで。

あふれる涙をぬぐいながら、私は公園をあとにした。

覚悟 〜咲side〜

『……死ぬの』

頭を真っ白にさせるには十分すぎる言葉だった。大きな鈍器で思いきり殴られたかのような強い衝撃を受けて、思考がストップした。

なに、言ってんだ……？

今そんな話してなかっただろ。

友達としてでいいから、そばにいてほしいと願った、ただそれだけ。

しばらくその場から動けなくて、葵が俺に言い残した言葉が何度も頭でループする。

やっと動けるようになって葵のあとを追いかけたけど、もうどこにも姿は見えなかった。

無事に帰れたのか？

そんなことすら考える余裕がないほど、激しく動揺していた。

そこからどうやって家まで帰ったのか、そのあとどうしたのか、記憶が定かではない。

疲れきっていたはずなのに頭が冴えて眠れず、ほぼ不眠で一夜を明かした。

なにかの冗談だよな……？

葵が死ぬなんて……。

だって、ありえないだろ。

なんでだよ。

バクバクと変にたかぶる神経。眠いはずなのに昼間も一睡もできず、なにもする気が起こらない。

あれはウソだったんじゃないか。

時間が経てば経つほど、幻のように思えて現実味がなくなってくる。

そうだ、夢だ、あれは悪い夢だ。

葵が死ぬなんて、そんなはずはない。

震える指でスマホを操作し『拡張型心筋症』と文字を打ち込む。

そこに書いてあった記事を読めば読むほど、知れば知るほど、絶望的な気分になった。

調べるんじゃなかった。そう思ったけど、記事をスクロールする指を止めることができなかった。

重度の拡張型心筋症。普段の葵からはそんなふうに見えなかった。

今まで、俺の前でも無理してたのかよ？

死ぬ……。ドナー……。移植手術……。

二十歳まで生きられない……。

ざっと断片的に思い出せる言葉はそれだけだったが、十分だった。

葵は俺が思っていたよりもずっと、苦しんでいた。

それなのに、俺の気持ちがさらにあいつを苦しめていたなんて……。

今までなにやってたんだ、俺は。

「ダサすぎるだろ」

だけど、ドナーが見つかれば葵は死なないですむんじゃないか？

そう思って移植のことも念入りに調べた。

ひと筋の希望の光がさしたけど、それもすぐに打ち砕かれる。

移植手術は順番待ちをしている患者がたくさんいる。

生きたくても生きられず、待っている間に寿命が尽きることも少なくない。むしろドナーが見つかる可能性のほうが低いと書いてある文献まであった。

冗談……だよな。

記事だけ読んでるとどうしようもないことがわかった。だけど、それを葵と結びつけることがどうしてもできない。

いや、結びつけたくない。

誰かウソだと言ってくれ。

「咲、メシだぞー！」

階下から兄貴の呼ぶ声がする。そういえば昨日の夜からなにも食っていない。

葵のことで頭がいっぱいで、腹が減ったとか眠いとか、そういう感情を忘れていた。

腹も減らないし、眠くもない。

ただ頭から離れないのは葵のことだけ。

当人でない俺ですらこんな状態なのに、葵はどんな気持ちで……。

そう考えるとどうしようもないほど胸が締めつけられた。

昨日、不安だったはずの葵に俺はどんな態度を取った？

動揺してなにも言えず、去ってく葵の背中を見ることすらできなかった。

痛いくらいに握った拳が震えていることに今になって気づく。

カッコ悪いとこしか見せてねーじゃん。

なにやってんだ、俺は。

ふとしたときに葵は、どこかなにかを諦めたような表情を見せることがある。遠くを見て、なにかを考えているような切なげな顔が、今になって鮮明に浮かんできた。

あれはこういうことだったのか……？

なぁ、葵。俺は、どうすればいい……？

「おい、咲。何度も呼んでんのに！　さっさと下りてこいよ」

兄貴がいきなりドアを開けた。

「母さんがブチ切れる前に早く。って、おまえひっどい顔。どうしたんだよ？」

「…………」

だんまりの俺に兄貴はなにも言わない。

「ま、いいけど。昨日のライブ助かったよ。また頼むわ。そういえば葵ちゃんきてたよな。どういう関係なわけー？」

「……ふられた」

「えっ！」

「だから、ふられたんだよっ。何度も、言わせんな……」

なんで、だよ。なんでなんだよ。

「えっ、おまえ葵ちゃんのことが好きだったの？」

「悪いかよ……っ」

「いや、ビックリした。そんなことになってたなんて」

「俺だって……わかんねーよっ。なんであんな女を、好きに、なったのか……っ」

あんなヤツのどこが良かったのか。

ブワッと涙が浮かんで、苦しくて、息ができなくなりそうになる。

「ちょ、おまっ、泣くほど好きだったのか？」

兄貴があたふたしながら駆け寄ってくる。

「泣いて、ねー……」

これはそんな涙じゃない。だいたい、男が泣くとかカッコ悪すぎる。

「咲……おまえ……っツラかったんだな。俺まで胸が痛くなってきたよ」

なぜか兄貴までもが目を潤ませた。

「でもさ、一回ふられたくらいで諦めんのかよ？　おまえの気持ちはその程度だったわけ？」

今度は説教かよ。

なんなんだよ、いろいろと。

「そんな簡単に諦められないから出た涙だろ？」

わかんねーよ、俺だって。この涙はなんなのか。

動揺？　悲しさ？　切なさ？

どれにも当てはまらない。

「父さんの厳しいボイトレに耐えてこれた打たれ強いおまえが、恋愛にはこんなに弱いなんて……！　一度ふられたぐらいでメソメソすんな」

「兄貴になにがわかるんだよっ……」

「あのなぁ、少なくとも俺はおまえより少しは長く生きてんの。恋愛のひとつやふたつやみっつつやよっつ、経験してんだよ」

いやいや、多すぎだろ。

「経験値は俺のほうが上なんだから、わかるに決まってるだろ。だいたいの女子は押しに弱いんだよ」

「押しに弱いって……」

そういう次元の話じゃないんだよ……葵は……。

「おまえはどうしたいの？　葵ちゃんと最終的にどうなりたいと思ってる？」

「どうって、本当の気持ちが知りたい……。あいつの隣にいたいに決まってんだろ。けど……」

葵がそれを望んでない。

だからどうしようもない。

「あれこれ考えずに、ただおまえがどうしたいかって話だよ。相手の気持ちありきなのは当然だけど、その前におまえの覚悟がなきゃなんも始まらないからな」

「覚悟……？」

「本気で好きなら、覚悟を決めろ。じゃなきゃカッコ悪いままだぞ」

俺は……どうしたいんだ？

頭がぐちゃぐちゃですぐには答えが出なかった。

ライブから三日がすぎた今日。

翔が突然家にやってきた。俺んちの家族と仲がいいので、親も翔のことはよく知ってる。だからこうして俺が許可しなくても勝手に部屋に上がりこんでくるわけで。

「仲間だな、俺たち！　ふられ仲間！」

「一緒にするんじゃねーよ」

「そんでおまえは生気を抜かれたような顔してるんだな。納得〜！」

「なんでそんなにうれしそうなんだよ」

「いやぁ、だって咲がふられるなんてさ。寝耳に水、みたいな。絶対うまくいくと思ったのに」

「世の中そううまくいくことばっかじゃねーよ……」

はぁとため息が漏れそうになる。

「ま、がんばれよ。応援してっから。っていうか、俺の話も聞いてくれー。ライブのときも花菜ちゃんに告ったけど、ダメでしたー……！」

ニコニコしながら冗談っぽく笑う翔。

ある意味こいつはタフすぎてすごい。

どんだけ強靭《きょうじん》な神経の持ち主だよ。

俺が知ってる限りでは五回以上は告ってるはず。

ちょっとは落ち込むそぶりでも見せれば、早瀬も少しは気にしてくれるんじゃねーの？

「けどさ、今度ふたりでデートするんだっ！　やっとオッケーもらえたわけ！　あ、全部俺のおごりでっていう条件つきだけど」

楽しそうな翔を見てたら、なんかちょっとヘコむ。

俺、なにやってるんだよ……。

時間が経てば経つほど、どうすればいいかわからなくなる。

葵が死ぬなんていまだに信じられない。

夢ならどんなに良かったか。

あのときから時間が止まったかのように、なにもかもがぐちゃぐちゃのままだ。

「もし、もしさ、早瀬に重大な秘密を打ち明けられて、それは早瀬にとってどうしようもないことで……。それを理由にふられた場合、おまえならどうする？」

「ちょい待ち、おまえがなに言ってんのか全然わかんねー」

眉間にシワを寄せながら、翔は首をかしげた。

「なんでだよ、わかるだろ。もしもの場合の話」

「想像してみるわ。えーっと、もしも花菜ちゃんから重大な秘密を打ち明けられて、それは花菜ちゃんにとって変えられない現実で、それを理由にふられたらどうするかって……？」

翔なんかになにを聞いてるんだ、俺は。茶化されるに決まってるのに、それでもすがらずにはいられなかった。

「俺なら、とことん話し合って相手を理解しようとする、かな。重大な秘密を打ち明けてくれるってことは、少なからず俺のことを大事に想ってくれてるってことだろ？」

「え？」

大事に想ってくれてる……。

そういう発想はなかった。何気に真面目っぽい表情を浮かべる翔。

「なんとも思ってないヤツに秘密を打ち明けたりはしないと思う。相当な覚悟をもって言ってくれたはずだから、ちゃんと向き合いたいって思う、かな。それ以前に好かれてなくて、ふるための言い訳だったとしたら元も子もないけどな」

翔の言葉がズシッと胸にのしかかった。

『相当な覚悟を持って言ってくれたはず』

まったくもってその通りだ。

小さく肩を震わせながら泣いてた葵の姿が頭に浮かぶ。

心細かったはずの葵に、俺は……なにもしてやれなかった。

自分の不甲斐《ふがい》なさに頭を抱える。

あのときの俺は動揺しまくって、自分のことしか考えられなかった。

一番ツラかったはずの葵の気持ちを考えられなかった。

そんな自分に腹が立つ。

カッコ悪いとこさらしたままで、いいのかよ？

葵の本音もわからないままだ。

ひとりで突っ張って、硬い殻に閉じこもって、心を閉ざそうとするあいつの本音が……知りたい。

「咲なら大丈夫。応援してるから、がんばれよ。ま、ふられたときは仲間ってことで！　なぐさめてやるよ、ははっ！」

翔なりに俺の心配をしているのか、眉を垂れ下げたぎこちない笑みを浮かべた。

気を遣わせてしまってる。翔のくせに、そういうの気にすんなよ。

悪かったな……。

ちゃんとする。

もう一度ちゃんと向き合おう。

あふれる〝好き〟

『ごめん、咲の気持ちには応えられない』
そう言ったのは、私。
『だから、ごめんなさい……っ』
傷つけたのは、私。
それなのに、毎日のように咲のことを考えては、苦しくて仕方がない。
夏休みだから会わなくなる。そうすれば忘れられると思った。
それなのに……。
『好きだ。気づいたら、好きだったんだ』
咲の真剣な想いがストレートに胸に響いて、今も甘く胸をくすぐる。
行き場を失った咲への想いが胸にくすぶって、ぐるぐるぐるぐる。
好きなのに気持ちを伝えられないってツライ。
「はぁ」
左胸に手を当てる。
今日は少し脈が乱れてるせいか身体がダルい。

私はいつまで生きられるのかな……。

漠然とした疑問が脳裏をよぎって、考え出したら止まらなくなる。

コンコンと部屋のドアがノックされ、お父さんが顔を出す。

「葵、ごはんだぞ」

「いらない。食欲ない」

「え？　具合悪いのか？」

「違う……そんなんじゃないよ」

お父さんはもうずっと私を心配している。それでも今の私は、お父さんを安心させてあげられるほどの気力がない。

「ねぇ、お父さん……私、二十歳まで生きられないんでしょ……？」

「……っなにを言ってるんだ。そんなわけないだろう？」

いつもは冷静なお父さんがめずらしく動揺している。その姿を見て、やっぱりそれは真実なんだと悟った。

嫌ってほど思い知らされて、確実に訪れる未来に恐怖を感じる。

カタカタと全身が震えて、心が闇に落ちていく。

どこまでも真っ暗な闇に……落ちたらもう、這い上がれないほどの。

運命だと受け入れたはずの未来だったのに、今になって怖いだなんていつからこんなに弱くなったのだろう。

好きな人に〝好き〟って言えない……。

こんな人生に……意味なんて、あるのかな。

私はなんのために生まれてきたの？


朝食も摂らず、自室のベッドの上でぼんやりしてたら、いつの間にか眠ってしまったみたいだった
「うわ、もうこんな時間？」

暑さはピークを過ぎて、少し気温も下がってきていた。

おもむろに身体を起こしてのろのろと着替えをすませ、リビングへは寄らずに家を出た。

住宅地を歩いて駅のほうへと向かう。どこでもいいから、気がまぎれる場所に行きたい。

夕方、日が沈み始めたからなのか昼間のような暑さはない。

駅に着くと人通りが多くなり、いつもよりも学生の姿がたくさんあった。

みんな笑って楽しそう……。

それなのに、私は……。

なんて、またネガティブ思考になってる。

目の前を高校生くらいのカップルが通りすぎた。お互いにまだぎこちなくて初々しい雰囲気だ。

もし私が病気じゃなかったら、今頃は私と咲もあんなふうになっていたかもしれないんだ……。

忘れようとしても頭に浮かぶ咲の顔。

外に出たからって会えるわけがないのに、なにを期待してるっていうの。

つき放したのは私なんだよ……？

今さら都合がすぎるでしょ……。

目的もなく駅前の本屋さんに入った。本がほしいわけじゃなくて、ただのヒマつぶしだ。

ファッション雑誌のコーナーまできたとき。

「葵？」

ポンと肩を叩かれ、身体がビクッと反応した。

まさか……。

ウソ、でしょ。

恐る恐る振り返ると案の定、どこか気まずそうな表情の咲が立っていた。

下はジャージで上は大きめのTシャツ。髪にも寝癖がついてて、まるで寝起きのよう。

「久しぶりだな」

バクンバクンと高鳴る鼓動。全身の毛穴から汗が吹き出す感覚がする。

「う、うん」

「元気だったか？」

あれ？

なんだか普通だ。

「ぼちぼちですな……」

「ふっ、なんだよ、ぼちぼちって」

そう言って笑う咲はいつもの咲だ。

「ぼちぼちだよ。良くも悪くもない感じ」

「いや、どっちだよ。はっきりさせろよ」

「はっきりさせられないから、ぼちぼちなんだよ……」

「相変わらず変なヤツ」

って、めちゃくちゃ普通……。

もしかして、意識してたのは私だけ……？

結構重ためなことを言ったはずなんだけど……。

ふと視線を下げると、咲が手にした本のタイトルの数々が目に飛び込んできた。

『拡張型心筋症の解剖から治療まで』

『一から学ぶ心臓の構造』

『心臓移植についての解説』

「それ」

自然ともれた声に咲はバツが悪そうな表情で、手をうしろに隠した。

「葵のこと、少しでも理解したくて」

「…………」

「俺、なんも知らなくて……無知だから。せめてこんくらいは……しなきゃなと」

徐々に小さくなってく不安気な声。

そんなふうに思ってくれていたなんて……。

「で、おまえはなにしてんの？」

「わ、私は」

「また家出か？」

「違うよ、そんなんじゃないから」

あんなことがあったなんてウソみたいに、私も普通に返せてる。

私に気を遣わせないための優しさ……？

よくわからないけど、この数日咲のことしか考えられなかったから、なんだか拍子抜けした。もっと気まずくなると思っていたのに。

「も、もう帰るところだよね？　私、まだウロウロするから。じゃあね」

一緒にいると数日間モヤモヤしていた気持ちがあふれ出しそうで、怖かった。

やっぱり会うとダメだなぁ。気持ちが一気に引き戻されて、今まで以上に咲のことしか見えなくなる。

漫画コーナーまで足を伸ばして、ズラッと並んだ少女漫画のジャケットを流し見しながら、落ち着けと自分に言い聞かせた。

十分ほど店内を適当に歩いて、咲の姿が見えないことにホッと息をつく。

結局なにも買わずに本屋を出たのだけれど、入口近くの壁に背を預けながら立っている人物を見つけてピタリと足が止まった。

「なんでまだいるの？」

スマホからこっちに視線が向けられる。

「なんでって、心配だからだよ」

咲の手には重たそうな、恐らく医学書が入っているであろうショップ袋が握られている。

「行こうぜ、送るよ」

「いい。帰りたくない」

「はぁ？」

若干イラッとしたような顔でにらまれた。だったら放っておいてくれたらいいのに。

「適当に時間つぶすから、咲は帰って。じゃあね」

咲の横を通りすぎようとした瞬間、強く手首をつかまれた。

「待てよ」

「もうなんなのー？」

「なんかあったのか？」

なんかあったのかって、どの口がそんなことを言うの。

「気になるんだよ」

「……っ」

「自分でもなんでって思うけど、ここ数日葵のことばっか考えてた」

やめて……。

どうして、そんなこと言うの。

「理屈じゃなくて、どうしようもなく葵が好きだ。病気だからとか関係ない。俺にとって葵自身が大切なんだよ」

うつむき気味の咲の顔は見えない。
でも声はとても真剣で、冗談を言っているようには思えなかった。
「わ、私は……」
拒否しなきゃいけない。
この手を振り払わなきゃ。
そう思うのに、気持ちとは裏腹にどうしても行動に移せない私がいる。
だって本当は、この手を握り返したくて仕方がないんだもん。
咲に私のこと……受け入れてほしいと思ってる。
本当は認めてほしいんだって、心の底では願ってる。
「わ、私……」
「なにも言うな。葵の気持ちはわかってるから」
そう言って絡められた指先。咲の手のひらの温もりにほだされて涙が浮かんだ。
『葵の気持ちはわかってるから』
この手を握り返してもいいの……？
咲のこと、傷つけちゃうんだよ……？
私はいなくなるのに……。
認められたいと思いながらも、そんなふうに思うなんて。

頭の中がぐちゃぐちゃだ。

「先のことなんて考えるなよ。今の葵の正直な気持ちを、教えてほしい」

「……好き」

もう隠しきれないよ。

「咲のことが、好きだよ……。大好き、だよっ……。私のほうが、毎日毎日、咲のこと考えてたんだからぁ……！」

想いが爆発して一気にあふれた。

「わ、私だって、どうして咲なんだろうって思ったよ……。最初はめちゃくちゃ、苦手だったもん……っ！　でも、いつの間にか好きになってたの……っ」

涙が流れて指でぬぐった。泣き顔を見られたくなくて、首を思いっきり反対側に向ける。

「……おせーよ」

返ってきたのは、小さな小さな声。

「言うのがおせーんだよ」

「な、なによ、素直になれって言うから言ったのに」

スンッと鼻をすする。涙で顔がぐちゃぐちゃだ。

「ああ、そうだな。やべ……うれしすぎて……俺、今すげー幸せ」

「……っ」

そんなうれしいことを言われたら、力が抜けて首がもとの位置へ。頬をゆるめて笑う咲がいた。

「でも、私……」

ねぇ、本当にいいの……？

「俺の幸せを決めるのは俺なんだよ。その上で俺は葵のそばにいたいと思ってる。どんな葵だろうと気持ちは変わらない。葵は？」

凛《りん》とした迷いのない言葉が胸にスッと入ってくる。

「私も、咲のそばにいたい……」

決まってるじゃん、好きなんだもん。

『どんな葵だろうと気持ちは変わらない』

受け入れてもらえたことがうれしくて、心がじんわり温かくなる。

「じゃあ俺と葵は今日から恋人同士っつーことで！」

「えっ！」

「なに？　嫌なの？」

「嫌じゃなくて。でも、その」

急展開すぎて理解が追いつかない。

「じゃあ、いいじゃん」

つながった手にギュッと力が込められて、私もこわごわと握り返した。

ずっと、ずっと一緒にいたいよ。

離れたくない。そう思えるくらい咲が好き。


翌日、花菜に誘われてカフェにいた。

咲との間に起こったことを洗いざらい全部話したところで、嬉しそうな表情を浮かべる花菜。

「よ、良かったね、葵……ホント、良かった……っ」

目を潤ませながら、自分のこと以上に喜んでくれて、私まで涙腺が崩壊しそうになる。

「ありがとう、花菜……」

「ううん。あたしは葵が幸せならそれでいいのっ」

「ううっ、花菜ぁ。大好き」

「でも鳳くんには負けるよね？」

「えぇ、そんなことないよ。どっちも選べないくらい好き……！」

自分で言ってて急に恥ずかしくなった。

面と向かって堂々と宣言するなんて。

「葵、この前よりスッキリした顔してる。そうやって胸を張って好きって言える相手がいるからだね」

「もうからかわないで」

恥ずかしい。

「なんでー？　いいじゃん。あたしにも幸せわけろー！　あははっ」

花菜もうれしそうだし、私もこうなったことを後悔してはいないけれど、それでもやっぱり不安はある。

「ね、葵。うちらまだ若いんだし、いろんなこと経験しておいていいと思うんだ。自分の気持ちに素直に生きてみようよ」

「花菜……」

自分の気持ちに素直に……。

それは一番私が望んでいたことだ。

「想い合ってるふたりが一緒にいるのは、当然のことでしょ？」

「うん……」

「堂々としてなって。お似合いだよ、葵と鳳くん」

「……ありがとう」

花菜って私よりもずいぶん大人だ。

「いいなぁ、葵もついに彼氏もちかぁ。あたしはそういうの全然ないよ」

氷が溶けたアイスティーをストローでぐるぐるかき混ぜながら、花菜が言う。

「翔くんは？」

ガシャン。

「え、ちょ、花菜……大丈夫？」

手元が狂ったのかコップを倒し中身がこぼれる。それでも花菜は気にすることなく、ものすごい剣幕で私を見た。

「黒田の話は今しないで」

「は、はい」

なにかあったのかな……？

でもこれ以上は怖くて聞けない。

「そ、そういえば花菜は夏休みどっか行ったの？」

話題を変えて微笑む。

すると花菜も笑ってくれたからホッとした。

これから夏期講習だという花菜と駅前で別れて、駅を抜けて川沿いを歩く。

ゆるやかな斜面の土手の芝生に腰かけながら、河川敷で遊ぶ小学生たちの姿をぼんやり見つめていた。

『想い合ってるふたりが一緒にいるのは当然のこと』

普通に考えたらそうだよね。

だからそう言われてうれしかった。

私、咲と両想いなんだ。一夜明けてからひしひしとそれを実感する。

『今日から恋人同士っつーことで』

本当に私でいいのかな、まだ夢を見てる気分だよ。

ドキドキと弾む心臓に手を当てる。心なしかいつもよりも鼓動が強く感じられた。

咲のことを考えるとダメ。自分でもわかりやすすぎるほど、意識しちゃっている。

「わぁ！」

バッグの中に入れてたスマホが鳴って別の意味でドキッとした。

【今なにやってんの？】

たったひと言、そんなメッセージがうれしいだなんて信じられない。友達から恋人に変わるだけで、こんなにも輝いて見えるのか。

【土手でボーッとしてるよ！】

短くそう返すとすぐに既読がついた。

【どこの土手？】

【桜野町《さくらのまち》の川沿いの土手だよ★】

【マジで？　すぐ近くにいるからとりあえず行く！】

「えっ!?」

う、ウソ……。

そりゃ会いたいけど、会いたいけど……。

昨日の今日ですぐにそれはないと思っていた。そもそも付き合うって、具体的になにをどうするのかとか全然わからない。

でも、こういうことなのかな。付き合ったら、会いたいと思ったときに会えて、気持ちが通じ合ってると思うと離れていてもそれだけで幸せで、今なにやってるのかなって思ったら、気軽に連絡を取り合える、そんな関係。

「葵！」

遠くのほうで声がして咲が駆け足でやってくるのが見えた。乱れた髪の毛に真剣な眼差し。どれだけ急いできたのかが、それだけでわかる。

肩で息をしながら、汗をぬぐう姿に思わずキュンとした。

「おまえ、バカ……？　はぁはぁ、あっつ」

「ちょっと、なによ、バカって。開口一番にそれ？　それにまたおまえって言った！」

「うっせ。こんな炎天下にいたら熱中症になるだろ」

「大丈夫だよ、帽子かぶってるし。さっきまで花菜とカフェにいたもん」

「そんなこと言ってるヤツが倒れるんだよ」

会うといつものペースの私たち。

「まぁ、いいわ。これ、やる」

私のすぐ隣に腰をおろした咲が、ペットボトルの水を渡してきた。

お説教しながらも、こういう優しいところがあるから好きだなって思う。

「とりあえず水分とっとけ。水分制限があるなら、ひと口でもいいから」

「ありがとう。汗すごいね。これ使って」

バッグからハンカチを出して咲に渡した。私のために急いで来てくれたのかな。だとしたらうれしい。

「わり、サンキュ」

「こっちこそ水ありがとう。っていうか、たまたま近くにいたの？」

「あー、俺んちこの近くなんだよ。さっきまでずっとすぐそこのコンビニにいたんだ」

たしかここに来るときにコンビニがあったような。じゃあ私が前を通ったときに、咲はコンビニの中にいたかもしれないんだ。

なんという偶然。昨日の今日だから照れくさくて、まともに顔が見られない。

焼けつくような胸の高鳴りは、太陽の熱よりも熱い気がする。

「お家って、そんなに近くなの？」

「ああ、すぐそこ。なんなら来てもいいけど」

「ええっ、ダメだよ、そんなの、いきなりっ！」

「あー、俺とふたりきりはやなんだ？」

「いやいや、そういうんじゃなくて」

今一瞬、咲の声にトゲがあったような気がする。だけど気のせいかもしれないから気にしないでおこう。

「普通に咲のおうちの人に迷惑だって話。アポなし訪問とか、ありえないよ」

「ぷっ、クソ真面目」

「う、うるさいな」

いきなり家に来てもいいとか言うから、動揺しちゃった。

咲は余裕たっぷりに笑っていて、なんだか慣れてるような……。

もしかして、似たような経験がある、とか？

う、ズーンって……気分が沈む。

やめよやめよ、変なことを考えるのは。

「なにひとりで百面相してるんだよ」

ついに咲はお腹を抱えて笑い出した。

「やっぱ見てて飽きないわ」

「もう！」

「はいはい、悪かったよ」

勝ち誇った顔を浮かべる咲が憎たらしい。

「でもさ、俺、葵の感情ダダもれなとことか、表情がコロコロ変わるとことか、結構あれだな……うん」

「なに？　はっきり言いなよ」

どうせまたからかって笑うんでしょ？

「いや、うん。わりと好きだなって」

「え……？」

「いや、だから、そんなとこが好きなんだよ……っ」

理解の悪い私にぶつけられたぶっきらぼうな言葉は、甘く優しく胸を刺激する。全身にジワジワと温かいものが広がっていく感覚。

す、好きとか……明るいところで、しかもこんな炎天下ではっきりと言われたら、汗以上に動悸が止まらない。

こっそり隣を向くと、ぎこちなくへの字に曲がる咲の口もと。

「あー、くそっ。こっち見んな」

照れ顔の咲がかわいくて、思わず笑みがこぼれる。

「私は咲の照れてる顔が好きだな」

「なんだ、それ」

「いつもはクールなのに、ギャップがあってかわいい」

「かわいいって、葵にだけは言われたくねー……」

「どうして？」

「好きな女にそんなこと言われて、うれしい男なんていないだろ」

クールでツンデレなのかと思いきや、思ったことをポンポン口にする咲の姿は、私の想像の範疇《はんちゅう》をはるかにこえている。好きな人に好きって、素直に言えないタイプだと思っていたのに。

もう引き返せない。

昨日以上に今日のほうが、もっとずっと咲のことが好きだから。

Heart*4

甘くて苦い恋の味

長い夏休みが明けて二学期が始まった。

学校内での咲との関係は一学期とそう変わりなく、付き合っているのかとひそかにささやかれているままだ。とくに最近は一緒に帰ったりしているから、そんなふうに言う声をよく耳にする。


本格的に秋の気配が漂いはじめ、風がひんやりと冷たく感じる十月初旬。

「あ、咲」

「よう」

朝、下駄箱の前で履き替えていると咲がうしろからきて私の頭をなでた。

「おはよう」

できるだけ冷静なフリをしながら挨拶を返す。

「もうすぐ文化祭だね」

「だな」

シーン、はい、会話終了、広がりなし。

「あのさ、もう少し興味を示そうよ」

「うん。ねみー……」

いや、眠いって！

「夜寝てないの？」

「誰かさんからのメッセージ待ってたら夜が明けてた」

「え？」

誰かさんって。じーっと見られて、しまいにははぁとため息。

「え、私？」

「………」

「ごめんごめん」

「バーカ」

咲だって途中で返してこなくなることもあるのに、そういうことでスネたりするんだ。

なんだか、かわいい。

相変わらずマイペースなヤツだけど、そんなところも嫌いじゃない、なんて……。

ふたりで並んで廊下を歩いていると、周囲からの視線が突き刺さった。

「あのふたり、付き合ってるんだってー！」

「ねぇ、ショックー！」

「似合わなさすぎっ」

比べられてコソコソ言われることにも慣れた。でもやっぱりちょっとは傷つく。

私は少し早足で教室に向かった。

するとすぐに花菜が席まで来てくれたから、気分を切り替えておしゃべりをする。

「でね、黒田のヤツ、どうしたと思う？」

「えー、さぁ？」

「どさくさにまぎれて手をつないできたんだよ、手を！　付き合ってもいないのにさ」

頬をふくらませて怒る花菜は文化祭の買い出し係に当たって、翔くんと買い出しにいった先での出来事を話してくれた。

「いいかげん付き合っちゃえば？」

「嫌だよ。あんな軽そうなヤツ……」

「でも、キュンとしちゃったんでしょ。顔、赤くなってるよ？」

「そ、それは……っ、いきなりだったからビックリしただけ！」

と言いつつも、花菜は翔くんを意識しているように見える。

どう見ても翔くんは花菜ひと筋だ。女友達が多いのは事実だけど、花菜に対してだけは態度が全然違う。

「どうしてそこまで嫌うの？　なにか原因がある、とか？」

「うん、まぁ。うちの両親離婚してるんだけどさ、父親が若い女性と浮気したのが原因なの。それ以来、チャラチャラした軽い人がダメになったんだ。どうしても父親とかぶって見えるの」

「そんな事情があったんだ」

「重く捉えないでよ？　あたしの中では解決ずみだし、父親に未練なんてひとつもないんだから」

明るく笑ってるけど、どこかさみしそうな笑顔。そういう事情なら、慎重になるのも無理はないのかな。

「私も花菜の幸せを願ってるんだからね？」

「うん……ありがとう」

花菜は困ったように笑った。

いつか花菜の心の檻《おり》が破られる日がくるといい。そして一緒にいて心から安心できる人と幸せになってほしい。

好きな人がずっと自分を好きでいてくれるとは限らないんだ。

気持ちが離れちゃうこともあるよね。

私と咲の関係はいつまで続くんだろう……。

この先ずっと、このままでいられたらいいのに……。

なんてそれは、叶わない願い。

運命って生まれたときから決まっているもの。

咲と出会ったのが運命なら、悲しい別れがくるのも運命で、きっとどうもがいても
その結末は変えられない。

「なにひとりでひたってるんだよ？」

「わ！」

昼休みの屋上であとからきた咲に顔を覗きこまれた。ビックリして思わずのけぞる。

「葵ってあれだよな」

「なに？」

「時々すっげー遠くを見てるよな」

「え？」

「思わずアホ面とか言いたくなる」

「そ、そんな顔してないよ。っていうか、傷つくんですけど」

「してる。なに考えてたわけ？」

今日の咲は変なところを突いてくる。

「いつまでこうしていられるのかなって、ふと思っただけ」

そう言うと、咲が小さく息をのんだのがわかった。スカートの上に置いた手に、咲の手が重なる。

「べべ、べつに咲と一緒にとかそういう意味で言ったわけじゃないから」

「ずっとだよ」

「え……っ」

「ずっと一緒に決まってんだろ」

弱々しくも力強い言葉。

うつむき気味の咲の頬がほんのり赤くなっていた。

以前とは違う咲の態度にはいまだに慣れなくて、ものすごく照れくさい。

ふたりしてうつむきながら、しばしの沈黙。

手がふれてるだけで、全身が燃え上がりそうなほど熱い。妙に意識してしまい、呼吸すらままならない。

「あのさ」

「うん？」

「キスしていい？」

え……？

聞き間違え？

自分史上、聞いたことのない単語が飛び出してきたような……。

オーバーリアクション気味に首をかしげる私に咲は再び口を開いた。

「だから、キスしていいかって」

「キキキ、キス？　無理！　絶対無理！」

今の状態ですら心臓が爆発しそうなのに、キスだなんて、ありえないよ。

無意識に咲の唇に目がいく。

薄くて形の整ったきれいな唇だ。見てるだけで心拍数が跳ね上がり、顔に熱が集まっていく。

「だ、だいたい、そんなこと聞かれたってわかんないよ。雰囲気とか、空気とか、そういうのでするもんでしょ？」

「はいはい、真面目すぎる返事をどーも」

「なっ！」

もしかして、からかわれただけ……？

そんな言い方ってなくない？

こっちは真剣なのに。

なにを考えてるか全然わからない。

「あーあ、教室戻ろうっと。真面目な私は予習でもしてまーす」

わざとイヤミっぽく言ってやった。

ちょっとは反省すればいいいんだ。

「じゃあね」

こんなの、かわいくないよね。

大好きなのに、恥ずかしくて素直になれない。もっと甘え上手だったら良かったのに……。

キリキリと胸が痛んで、とっさに手で左胸を押さえる。

うん、これはあれだ、もっとかわいく見られたいとか、そういう痛み。

だけどいつまで経っても胸の痛みは治まらなくて、階段の途中でしゃがみ込んだ。

大丈夫、少し休めばすぐに落ち着く。本当は階段も心臓に負担がかかるからダメだけど、屋上に行けなくなることのほうが嫌だ。

病気の痛みになっちゃったら、もう行けなくなる。早く治れ、私の心臓、これくらいなんともないんだから。

気合で立ち上がり教室に戻った。

二学期に入ってから席替えをし、廊下側の一番うしろの席になった。ドアから近くて便利。私はすぐに机に伏せて目を閉じた。

隣で咲が椅子を引いたのが気配でわかった。

「さっきはごめんね……」

「いや、うん。でも、〝絶対無理〟って、さすがにヘコむ」

あれ？

ヘコんでたの……？

私が拒んだから？

でも、だって、いきなりキスとか言うんだもん……。

「は、恥ずかしかっただけだよ」

いきなりあんなこと言うから。でもね、咲にならら何をされても嫌じゃない。恥ずかしくてそんなことは絶対に言えないけれど。


季節は秋から冬へと移り変わり、気づけばもう冬休み目前。

昼休みの教室ではクリスマスの話題でもちきりだ。

「で、葵たちはどうするの？　付き合って四カ月でしょ？　お泊まりに誘われちゃったりしてー！」

バンバンと興奮気味に机を叩く花菜は、明らかになにかあることを期待している。

「なに言ってんのー。ありえないから」

お泊まりどころか、キスもまだなのに……。

「わかんないよ、そんなの。鳳くんって、実際どうなの？　そういうことに慣れてる感じ？」

ワクワクした表情の花菜は私の顔を覗き込んだ。

どうなのって聞かれても、なにもないんだからわからない……。べつにじらしてるつもりはないけれど、咲はあの日以来私にふれようとしなくなった。


放課後は毎日一緒に帰るのが日課。黒いマフラーで首から口もとまですっぽり覆った咲と、並んで駅までの道を歩く。

せめて手くらいつなぎたいんだけどな。

「なに？」

「え、あ、いや。なにも」

ダメ、自分からそんなこと言えるわけない。

断念して別の話題を探す。

「そういえば、咲はクリスマスどうするの？」

「あー、実は誘おうと思ってた。予定は？」

「ない、全然ないっ！」

力強く言うと咲にクスッと笑われた。

「どこに行きたいかは葵が決めろよな」

「え、私?」

「俺は葵が行きたいところがいい」

「わかった、考えとく!」

クリスマスにデートができるのはうれしい。

どこがいいかな。クリスマスだし、きっとどこも混雑してるよね。

それでも思い出に残るクリスマスにしたい。

わー、どうしよう、今からドキドキしすぎて落ち着かないよ。

どんな服を着ようかな、あ、クリスマスプレゼントも用意しちゃったりなんかして。

どこへ行って、なにをしよう、楽しみすぎて待ちきれないよ。

早くクリスマスになってほしい。

気持ちが弾んで、ワクワクした。


クリスマス当日、朝からどんより曇り空だった。

目覚ましをセットしてベッドに入ったにも関わらず、なぜか鳴らなくて寝過ごしてしまった。急いで準備をすませてから、家を出たんだけれど。

髪型、変じゃないかな?

毛先だけゆるく巻いてハーフアップにした髪を、指先でいじる。

朝、鏡の前で何度もチェックしたのに、気になって仕方ない。

クリスマスだから、落ち着いたベージュのニットワンピと、ローヒールのショートブーツで少し大人っぽい服装にしてみた。

待ち合わせは地元の駅。

緊張しすぎてさっきから落ち着かない。

駅が近づいてくると、ますます心臓がドキドキしてきた。

「あ」

いた……。

柱に寄りかかりながら、咲は腕時計を何度も確認している。通りすがりの人たちが、そんな咲を見てうっとりとした表情になる。

たしかに……カッコいいよね。咲のような素敵な人が、私を好きだなんて今でも信じられない。

無意識に左胸に手を当てる。脈の乱れなし、リズムよし、動悸なし、よし、大丈夫。

咲はまだ私に気づいておらず、あと数メートルの距離まできたときだった。

「あ、咲くんだぁ！　久しぶりー！」

ボブカットのかわいらしい女の子が咲に向かって微笑んだ。

「げ、明日海《あすみ》かよ」

「えへへ、そうだよー。中学卒業以来じゃない？　なにしてんの？　こんなところで」

「待ち合わせ」

「え、なになに？　もしかして、彼女と？」

ギクッとして思わず身を隠す。

「関係ないだろ、明日海には」

「あは、相変わらずクールだな。彼女ってどんな子？　ひと目拝んでみたいっ！」

「べつに普通だよ。いいだろ、もう」

いつもは面倒くさそうにする咲が、勘弁してくれと言わんばかりの困ったような声で言う。

誰だろう。

友達かな？

「去年のクリスマスは楽しかったなぁ。今年も咲くんと過ごせると思ってたのに」

「なに言ってんだ。俺はそんなにヒマじゃない」

「はいはい、わかってますよーだ。じゃあね！　あ、また家にいくからっ！」

女の子が去ったあと、私はしばらく動けなかった。

さっきの会話からして、明日海さんって人は咲の友達かなにか……？

去年のクリスマスは一緒にすごしたってことだよね。

それに、また家に行くって……。

そんなに深い関係なの？

心が黒いモヤモヤで覆われていく。

あんなに楽しみだったのに、うまく笑顔が作れない。

それでもなんとかふんばって、咲の前に姿を現す。

「おはよう」

「あ、おう」

明日海さんのときとは違って、なんだかテンションが低い。目が合ったけど、すぐにそらされてしまった。

「元気か？」

「なにその元気かって」

元気そうに見えないってこと？

「いや、体調どうかなっていう俺なりの気遣い」

気遣い……。

そっか、咲は優しいもんね。

でもそんな気遣いをされるとちょっとヘコんでしまう。

私ってそんなに弱々しく見えるのかな。

そりゃあ咲は全部知ってるから、私を心配する気持ちもわかる。でも……。

「葵?」

「え?」

「やっぱ具合が悪いのか?」

「違うよ、全然大丈夫! さ、今日は全力で楽しもう!」

よけいなことは考えるな。今は目の前の咲にだけ集中しよう。

せっかく楽しみにしてたデートなんだから。

「行き先考えたのか?」

「うん! 水族館に行きたい!」

「へぇ、水族館か」

咲はフッと頬をゆるめた。

「小学校の遠足以来だから久しぶりなんだ」

「よし、じゃあ行き先決定な」

「うん!」

咲は路線図で水族館までの行き方を調べてくれた。途中で一度乗り換えをしなければいけないらしい。

やっぱりクリスマスだからなのか、電車の中はカップルが多いような気がした。

手をつないでいたり、寄り添っていたり、みんな幸せそうだ。

「きゃっ」

電車がカーブを曲がった瞬間、ふらついてとっさに咲の腕をつかむ。

「大丈夫か？」

「うん、ごめんね」

「ほら、俺につかまっても不安定だから、手すりしっかりつかんでろ」

さり気なく手を誘導され、名残惜しくも手すりを握る。

なんとなくだけど、咲は私にふれようとしなくなった。

それって私に魅力がないせいだったりして……。

だから手をつないでくれないの？

電車を降りてからは、水族館まで十分ほど歩いた。

時々ふれ合う指先と指先。そのたびに期待に胸が高鳴るけど、咲は「ごめん」と言いながら距離を取るだけ。

えーい、こうなったら。私からつないじゃえ。

かなり勇気を振り絞って、咲の手をギュッとつかんだ。

「ま、迷子になったらいけないから」

かなり恥ずかしい。でも離さない。そんな気持ちを込めて握ると、恐る恐る咲も握り返してくれた。

それだけで胸がキュンとうずく。

「迷子にならないように、俺がしっかり葵を見守っててやるよ」

「なんで私が迷子になるのよ。咲のほうじゃん」

「葵は目を離すとすぐどっか行きそう」

「そ、そんなことないもんっ」

ひどい、どうして子ども扱いするの？

手をつなぐだけでこんなにドキドキしてるのに、咲はなんとも思っていなさそう。

もしかして、慣れてるから？

だとしたら、今まで誰とそんなこと……。

ふと頭に浮かんだ明日海さんの顔。すごくかわいくて、ふたりはとてもお似合いだった。

私なんかよりもずっと……。

ああ、ダメだ。

考え出すとネガティブ思考が止まらなくなっていく。

ジワジワと涙まで浮かんできた。

だけど泣かない。こんなところで泣くなんて、みっともないもん。

今日は楽しい一日にするって決めたんだから。

だけど、テンションが下がってしまって心の底から楽しめない。

水族館のマスコット的キャラであるイルカやペンギンを見ても、それは同じだった。

「ずっと元気ないけど、なんか言いたいことあるんだろ？　思ってることははっきり言えよ」

こんなはずじゃなかった。

今日はふたりで楽しんで、笑い合えたらって。クリスマスに咲と一緒にいられるなら、場所はどこだって良かったんだ。

「待ち合わせのとき、私、本当はいたんだよ……」

「？」

ほの暗い小さな水槽がたくさん並んだ熱帯魚のコーナーで、ボソボソとささやくように思いを吐き出す。

「咲、女の子と一緒にいたでしょ？　会話が聞こえてきて……去年のクリスマスは一緒にいたみたいなこと言ってたよね。それで私、いろいろ妄想しちゃって……勝手にショック受けてただけ」

つらつらと言いたいことを全部並べる。

「家に行くからって言ってるの聞いて、今でも仲がいいのかなって思って……」

胸がヒリヒリして、はりさけそう。

知りたくなかった。咲の元カノのことなんか。

自分以外の子を好きだった事実なんて苦しいだけだもん。

「それって、明日海のこと？」

小さく頷いて返事をしてみせる。

「俺、去年のクリスマスもライブに出てたんだ。そこにあいつも来てたから、そのときのこと面白がって言ってただけだよ。あいつ、兄貴のファンなんだ」

「え……？」

「家に来るって言ってたのも、兄貴に会いにって意味だしな。近所に住んでるし、小さい時からの腐れ縁ってやつ」

「ウソ……」

それじゃあ全部、私の勘違いだったってこと……？

なんだ。

「勝手に勘違いして、嫉妬したんだ？」

なぜかニヤリとほくそ笑む咲。

「ま、紛らわしいんだってば！」

「素直じゃないな、葵は」

「……っ」

く、悔しい、でも、勘違いで良かった。

「そんなに俺が好きなんだ？」

「違うもん……っ」

素直に好きとか……言えない。

だからつい真逆のことを言った。

もっとかわいい態度ができたら良かったのに……。

気まずさから手を振りほどこうとすると、逃さないとでも言うように強く握り返された。

「逃げるなよ」

冷静な声とともに強引に振り返らされ、今度は咲の顔が近づいてくる。

「もう、なにすっ……」

それは一瞬の出来事で……。

甘く強引な唇が私の唇に重なった。

すぐに唇は離れたけど、理解が追いつかない。

「俺は好きだけどな」

「っ……」

「素直じゃない葵も、嫉妬してる葵も……全部好きだよ」

まだ、心臓がドキドキと高鳴ったままだ。

唇の感触がいつまでも消えてなくならない。

照れくさそうに話す咲の姿にキュンと胸がうずいた。

「わ、私も……好き」

咲のことが、どうしようもないくらい。

「はは、うん。知ってる」

咲はもう一度顔を近づけてきたかと思うと、再びキスをした。

恥ずかしすぎて、でも幸せで。咲も同じ気持ちでいてくれてることがたまらなくうれしい。

「行くぞ」

咲は何事もなかったようにプイとそっぽを向いて歩き出した。だけど耳の縁が真っ赤に染まっている。

思わずクスクス笑っていると、じとっとした目で見られてしまった。

「笑うな、バカ」

「ふふっ」

幸せって、こういうことを言うのかな。

穏やかなこの時間が、とてつもなく幸せ。

水族館を一周したあと、その近くのカフェに入り、向かい合って座った。

外はとても寒いけど、心はポカポカだ。

「あ、そうだ。これ」

「え、なに？」

差し出された小さな袋の包み。

「気に入るかわかんねーけど」

まさか、クリスマスに興味がなさそうだった咲がプレゼントを用意してくれてたなんて……。

「ありがとう！」

どうしよう、泣きそうなほどうれしい。

感激で涙が浮かんで、指でそっとぬぐう。

「泣くほどのことじゃないだろ」

「ううん、うれしい」

ていねいに包みを開けると中身はブレスレットだった。

細いチェーンに小さなハートが三つついてて、オシャレですごくかわいい。

「……大事にするね」

早速それを腕につけてみると、大人っぽさが増した気がした。

「あ、そうだ私も！　はい、どうぞ」

バッグの中に隠していたプレゼントの袋を咲に差し出す。

「俺に？　マジで？」

「うん」

「やべ、俺こそもらえると思ってなかった……」

「え、なんで？　用意してるよ。初めてのクリスマスだもん」

「クリスマスは男が渡すもんだろ」

「そんなことないよ。交換するんだよ」

「開けていい？」

コクリとうなずく。喜んでくれるかな。

咲へのプレゼントは悩みに悩んでネックレスにしてみた。シルバーの丸いペンダントトップには星がかたどられている。

とっても咲っぽいって思ったけど、完全に私の好みだから気に入ってもらえるかどうか……。

「すげーカッコいい」

「本当？」

「うん。気に入った。ありがとな」

見たことがないほどの満面の笑みを浮かべて、大事に大事にネックレスを手に取る咲。

それを見て私までうれしくてたまらなくなった。

気に入ってくれて良かった。

今こうしていられることがすごく幸せで、だけど同時に怖くもなる。

こんなに幸せでいいのかな。

今の幸せを失うときがきたら、どうなるんだろうって。簡単に手放せないところまできてしまっている。咲を失いたくない。ずっとこのままがいい。私は強くそう心で願った。

弱さと本音

クリスマスが過ぎ、新しい年を迎えた。

咲との仲は順調なまま三学期を迎えて、ごく普通の日常が光の速さで過ぎていく。

季節はあっという間に冬から春に移り変わり、私たちは二年生になった。

桜の花びらがひらひら舞う中、私は校舎の屋上にいた。

「やっぱここにいたのかよ！」

背後に人の気配がするけれど、私は振り返ることなく景色を眺めていた。

「シカトすんな、こら」

「見て。桜の花びらが舞って、すごくきれいだよ」

「え、桜？」

同じように咲が下を見る。二年生になってもまた同じクラスで、気がつくといつも隣にいてくれる存在。

咲は背が伸びてますます男らしくなった気がする。

「ふーん。きれいじゃん」

「あ、ねぇ！　写真撮ろうよ、一緒に！」

ブレザーのポケットからスマホを出して高く掲げる。

「俺、写真嫌い」

「そんなこと言わずにさ。お願い！」

そう言えば咲はしぶしぶながらも応じてくれた。

「撮るよー！」

私はそう言ってシャッターを押した。

写真の中の私は満面の笑みで、咲は少し仏頂面。

乗り気じゃなかったくせに、撮った写真を早速ホーム画面に設定する咲。

「咲と出会ってから一年か。あっという間だったな」

「そうだな」

サーッと春風が吹き抜ける。隣には当たり前のように咲がいてくれて、いないとなんだか落ち着かない。

私の中でどんどん大きくなってく咲の存在。咲がいない未来なんて考えられない。

それなのに現実って残酷だ。

「……っう」

左胸が締めつけられる感覚がして、とっさに手で押さえた。立っていられないほどの激しい立ちくらみと、めまいがする。

――ドサッ。

「葵！　おい！」

床の上にうずくまり、胸をきつく押さえたままの格好で動けない。

「大丈夫か!?」

「い、いた……っ」

心臓が、ものすごく。

このまま止まっちゃうんじゃないかと思うほど。

息を吸うことができなくなって肩で呼吸する。そうこうしているうちに、意識が遠のき始めた。

「しっかりしろ、保健室に連れてってやるから！」

咲の声が耳もとで聞こえる。

「葵、大丈夫だ。俺がついてるからな」

咲……。

「しっかりしろ、大丈夫だから……っ」

咲の声がだんだん遠くなる。そして、そこからの記憶はなく、次に目が覚めたときはベッドの上だった。

うっすらと意識が戻ってくる感覚がして、ゆっくりと目を開ける。

「葵?」

「さ、く?」

「ああ、俺だ。良かった目が覚めて」

右手にふれてるのはおそらく咲の手だ。その手が小刻みに震えている。

まだはっきりとしない視界の中に眉を下げ、心配そうな表情の咲の顔が映った。

「平気か?」

「うん、もう、大丈夫。ここ、は?」

「保健室。ブレザーのポケットに薬入ってたから、無理やり飲ませた」

そっか、私、倒れたんだ。情けないな……。咲の前で倒れるなんて、最低……。

「ごめん、ね。咲……」

迷惑かけちゃった。

「謝んなって。俺は葵が無事ならそれでいいから」

「うん……」

そのたびに咲にこんな顔をさせることになるのかな。

いつまで無事でいられるんだろう。ひどくなれば意識が戻らなくて、そのまま……。

「こんなこと、前にもあったよね……去年の体育祭のときだったかな」

「え、ああ……」

「咲はいつも私を助けてくれる。ヒーローみたいだね」

「ヒーローって、そんないいもんじゃねーよ……」

「ごめんね……」

何度言っても足りない。きっとこの先も、そんな日々の積み重ね。

「だから謝るなっつーの。葵はなんも悪いことしてないだろ」

「でも」

「それ以上言ったら、キスで唇塞ぐからな」

スッと顔が近づいてきて、咲の唇が目の前に迫ってきた。

「な、なに言ってんの、バカ」

「じゃあもう謝るな」

そう言われてなにも言い返せなくなった。

最近は体調があまり良くなく、家にいても横になっている時間が増えた。

先の見えない不安に押しつぶされそうで、すごく怖い。

夜眠る瞬間、毎日のように願うの。

明日、目覚めますように、無事に一日を終えられますように、咲に会えますようにって。

朝、目が覚めてホッとする。

良かった、今日も生きてる。

私の心臓、動いてくれてる。

これで咲に会える。

でもきっと、そんな日常は普通じゃない。

「葵……？」

「ご、ごめん……っ」

「どっか痛いのか？」

「違、う……っく」

涙が次から次へとあふれて止まらない。

咲はなにも言わずにただ指で涙をぬぐってくれた。

その温もりにほだされて、弱さや不安が喉もとまで出かかる。

グッとこらえて必死に言葉をのみ込んだ。咲もそれ以上はなにも言わず、ただ私を心配して家まで送ってくれた。


それから数日が経ち、心にぽっかり開いた穴は、日に日に大きくなっていった。それは少しずつ大切ななにかが奪われていく感覚に似てる。

私のこれから先には絶望しかない。未来に希望なんて見い出せない。

昨日の定期受診で私は思い切って先生に尋ねた。

『先生、私、あと、どれくらい生きられますか？』

『なにを言ってるの、葵ちゃん』

先生は目を泳がせて動揺し始めた。

『私には知る権利があると思います。自分の身体のことは自分が一番良くわかってる。私、もう長くは生きられないんですよね……？』

覚悟を決めたはずなのに、声が震えて涙があふれた。

『だって、先生が、お父さんにそう言ってたじゃん……っ。二十歳まで生きられるか、わからないって……っ』

あの瞬間、私はどん底に突き落とされた。

あがいても、もがいても、決して上がることのできない場所まで。

『葵ちゃん、それは最も悪い可能性の話をしたまでよ。ドナーは必ず見つかる。そう信じましょう』

もし、見つからなかったら……？

どうしてそっちの可能性については言ってくれないの？

希望なんてとっくになくなった。

純粋に先生の言葉を信じて疑わなかった、小さい頃の私じゃないんだよ。

結局明確な答えは聞けないまま、私は病院をあとにした。

受診後からなんとなく現実味がないというか、学校にいても授業に身が入らない。

「葵、プリント」

「あ、ごめん」

「ボーッとしてたのか？」

「うん」

無理に笑みを貼りつける。そうでもしないと不安に押しつぶされそうで怖かった。

「大丈夫か？」

「当たり前じゃん。なに言ってんのー！」

笑い飛ばしてみたけれど、咲は真顔で私を見つめるだけ。

「気分転換にどっか寄って帰るか。放課後空けとけよ」

決定事項のようにそう言われてしまった。とくに予定はないから、いいんだけど。

咲にはすぐに見抜かれるから、気を遣わせているようで居たたまれない。

「葵ちゃーん、久しぶりっ！　元気？」

帰り際、翔くんに声をかけられた。翔くんとは二年生でクラスが離れてしまったから、会うのはかなり久しぶり。

「元気だよ」

翔くんは聞くまでもなく、見るからに元気そう。

「そっかぁ。また四人で遊ぼうね！　花菜ちゃんにも伝えとくし」

ちなみに花菜と翔くんは同じクラス。花菜いわく、翔くんはまだ「ない」らしいけれど。

「しかしおまえらずっと変わらずラブラブだな。将来結婚するんじゃねーの？　式には呼べよなっ！」

「なに言ってんだよ」

「だっておまえ葵ちゃんにベタ惚れじゃん。別れるとか考えらんないだろ？」

「当たり前だろ」

「ほっらラブラブ。こいつ、一生葵ちゃんのこと離さないと思うから覚悟しといたほうがいいよ」

「あはは……」

キリキリと胸が痛む。きっとそんな先まで一緒にはいられない。

近い将来、離れ離れになる。私たちの恋愛はそんな不安定なもの。

咲はそれで幸せなのかな。

ふたりでこうやって並んで歩くのも、あと何回ぐらいできるんだろう。

同じ教室で授業を受けて、昼休みを屋上ですごしたり……。

今日が最後かもしれないと思いながらすごす毎日。

電車で地元に帰ってきてから、川沿いの土手の芝生に咲と並んで座った。

ポカポカしていて気持ちいいけれど、私の心は晴れないままだ。

「葵ってさ、時々なに考えてるか全然わかんないよな」

「えー、なにそれ」

「遠くを見つめながら、いつもなに考えてんだよ」

「なにって、まぁ、いろいろだよ」

「いろいろって？」

「……めずらしく食い下がってくるね。どうしたの？」

「こっちのセリフ。最近明らかにおかしいだろ。心配してんの」

「ありがと、でもあんまり言いたくないな」

言いはじめたら、止まらなくなる。それにね、口にすると本当にそうなってしまいそうで怖い。

まだ大丈夫。そう実感することで保っているギリギリの理性が壊れてしまいそうだから。

私は本当は弱い人間だ。だからこそ強く見せたい。情けない自分をさらけ出したくない。とくに咲の前では、無理をしてでも強くいたい。

変なプライド。

そんなものは捨てて、咲に泣きついたらきっと優しく受け入れてくれる。でもそれだけはしたくない。

「なんでそんなに強がるんだよ？」

え……？

「俺にだけは弱さを見せてもいいんだよ。全部諦めたって顔して、必死に自分の運命を受け入れようとしてる。逆らいたいから苦しんでるんじゃねーの？　葵の本音がどこにあるか、わかんねーよ」

淡々とした咲の言葉が胸にズシッと響いた。

咲なりにいろいろ思うところがあったのかもしれない。

「俺はそんなに頼りない？　それでも俺は葵の全部を受け止めたいと思ってる。一緒に悩んで、考えていきたいんだよ」

切実な叫びに胸が締めつけられた。

「言ったってわかんないよ、私の気持ちなんて……誰にもわからない」

「わかんねーから、理解したいんだよ。言ってくれなきゃそれすらもわからないだろ」

「だから言いたくないんだってば。私の気持ちもわかってよ」

「わかってるよ。わかってるけど、気になるんだって」

「どうして、そこまで……」

心の弱い部分が刺激されて、ほだされそうになる。甘えてしまいそうになる。

「そんなの、好きだからに決まってるだろ。じゃなきゃこんなに一生懸命にならねーよ！」

「……っ」

こらえていた涙が一気にあふれた。

「死にたく、ない……っ。わた、し……もっと、生きたい、よ……」

本音はいつだってシンプルで、それ以外には見つからなかった。

腕でゴシゴシ涙をぬぐい、必死に歯を食いしばる。

「葵……」

咲はそんな私の肩を優しく引き寄せて、抱きしめてくれた。私も咲の背中に手を回してギュッと抱きつく。そうすると不思議と落ち着いた。

「死ぬのは、運命だから仕方ないって……そんなふうに思ってた。でも……嫌だよっ」

怖いの、本当は、ものすごく。

咲はなにも言わずに聞いていてくれた。抱きしめてくれている腕がかすかに震えている。

今まで苦しませていたのかもしれないと思うと、よけいに涙があふれた。

私を好きにならなければ、出会わなければ、こんなに咲を苦しめることはなかった。

「死なない……葵は、死なない……助かるに決まってるだろっ」

「……っ」

本当は私もそうだと信じたい。だけどもしダメだったら……？

期待して傷つくのなら、最初から期待なんかしないほうがいい。ずっとそう思ってた。

でも私は、本当は生きたいんだ……。

死ぬ覚悟なんて、きっといつまで経ってももてるはずがない。

私はいつだって、そう、いつだって……心の底では、ずっと〝生きる〟ことを望んでた。

諦めたフリをすることで、受け入れた気でいただけ。

「葵」

「ううっ、咲……っ」

思いっきり抱きついて、胸に顔をうずめる。

大きくて優しい手のひらが、そろりと後頭部をなでた。

この温もりを感じられなくなるなんて嫌だ。

できることなら、ずっと一緒に笑っていたい。

咲の隣で、ずっといつまでも。
そんな未来を、望んでもいいのかな？

不安定な現実　～咲side～

『死にたく、ない』

そう言って泣いた葵は小さな子どものようで、俺が守ってやらなきゃって、強くそう思った。

芯がまっすぐでブレない強さを持ってる葵だけど、目の奥にはいつだって不安が見え隠れしていた。

死への恐怖。生への執着。誰もが当たり前のように持っているであろう感情。

でも、葵は死なない。死ぬわけがない。信じることしかできない俺は、葵の目にどんなふうに映っていただろう。

川沿いの土手で葵が泣いた日から一週間。

葵は教室にいても机に伏せていることが多くなった。顔色が悪くて、唇も紫色で血色がいいとは言えない。

息苦しそうに肩で呼吸していることもある。でもどんなときでも、葵は笑顔を崩さなかった。

「保健室連れてってやる」

「ごめ、ん。ありがと」

抱きかかえると見た目以上に軽い葵にヒヤッとさせられた。

大丈夫、だよな……？

もしかしたらって、そんなふうに考えている俺がどこかにいる。

情けないな、やめろ、葵が死ぬわけないだろ。

俺が言ったのに信じないでどうするんだよ。

教室に戻る気になれず、葵のそばでずっと手を握っていた。

どれくらいそうしていたのかはわからない。

最後の授業終了を告げるチャイムの音にハッとした。

「咲……？」

「目ぇ覚めたか？」

「う、ん……ごめん、ね」

なにも悪くないのに申し訳なさそうに眉を下げる葵の姿に胸が詰まる。

「謝るなよ」

「うん……」

それにしてもまだ顔色が悪そうだ。

「まだ寝てろよ」

「ううん、大丈夫……」

ムリやり笑顔を作ってから、葵は上体を起こした。長い髪がさらりと肩から流れ落ちるのを見て、不謹慎にもドキッとさせられる。

無意識に下から髪をすくい上げ、そっと葵の頬に手をやった。

「咲……」

う、やべ。

上目遣いで名前呼ばれるとか、やばすぎるだろ。

先生は会議でおらず、保健室という密室にふたりきりのせいか、よけいに……。

葵の唇に、ふれるだけの軽いキスをする。

ふたりきりでいるといろいろとやばい。

「鞄取ってくるから、おとなしく寝てろ」

赤くなった顔を隠しながら立ち上がり、葵から離れて保健室を出た。

やばい、なんだこれ。

葵といるとかき乱されてばかりで、落ち着かなくなる。

負担になるようなことはしたくないのに、ふれたくて仕方ない。

ギリギリのところで必死に理性を保ってるとか笑える。

「あ、咲！　見ろよ、これっ！」

廊下でたむろしていた翔が、輪から抜け出し駆け寄ってくる。

手にはスマホが握られていて、うれしそうに画面を俺に見せてきた。

「俺が投稿したおまえのギターと歌だよ！　バズッて再生回数数百万超え！　プロでもないのにすげーよ！」

画面の中には夏にライブをしたときの俺の姿があった。サビの部分で一番ノッてるところ。やたらと俺だけがズームで映っている。

「はぁ？　おまえ……なに勝手なことしてんだよ」

「俺が隠し録りした動画。コメント欄もやべーよ！　これがきっかけでデビューが決まっちゃったりして！」

「いいか、今すぐ消せ！　俺はデビューとか興味ないいんだよ」

そう言い捨て、教室へ。

歌うことは好きだった。

でも本気でやりたいほどのめり込んだわけではない。親父がボイトレの講師だから小さい頃から発声練習とか筋トレをさせられてたってだけ。人よりちょっとうまいって、その程度。

それなのに葵は俺の声が好きだと言った。

元気づけられるって……。

たかが歌くらいで大げさすぎるだろ。

だけどなんとなく、葵にほめられるのは悪い気がしない。まぁ、去年の夏のライブ以来葵の前では歌ってないけど。

「ごめんね、鞄ありがとう」

「べつにどうってことないよ、こんくらい」

葵の顔色はすっかり戻っていた。さっきよりも表情が明るくなった気がする。

「親父さんに迎えにきてもらう?」

「ううん、咲と電車で帰る」

葵は即答した。

俺の前では絶対に弱さを見せようとしない。

もっと頼ってくれていいのに、いつも強がって笑ってる。

「咲は将来の夢とかある?」

「なんだよ、いきなり」

将来の夢、ね。

「大学とか行くのかなって」

「とくにない」

「そっかぁ。進路を決めるにはまだ早いか」

何気ない日常の会話も葵とだったら楽しい。

「けどまぁ、人の役に立つようなことがしたいなとは思ってる」

「おー、いいね。咲っぽい。歌い手とか？」

「いや、無理だろ」

人の話、聞いてたか？

役に立つことじゃねーじゃん、それ。

「咲の声に癒やされる人はたくさんいるはずだよ」

「俺なんかがプロになれるほど、世の中甘くないだろ」

あまりにも非現実的な葵の発想に思わず笑った。

「だけど、私はまた咲の歌声が聴きたいなぁ」

うっとりした表情で話す葵の横顔にキュンとする。

「葵は将来なにがしたいんだよ？」

「私……？」

その瞬間、葵の表情が曇ったような気がした。

「私はとりあえず、毎日を精いっぱい生きることを目標にがんばろうかなって。それだけ」

毎日を精いっぱい生きる。

命の危機に直面していない俺には当たり前の日常。とくに考えたりしたこともなかった。

でもそれは、葵には奇跡のようなものなのかもしれない。

「俺がずっとそばにいてやるよ」

「ふふ、ありがとう」

そんなさみしそうな顔で笑うなよ。

葵には心から笑っててほしい。せめて俺といるときくらいは、よけいなことは考えずにいてほしい。ツラさとか不安を取っぱらうことができたら、どれだけ良かったか。


その日の夜、家でスマホ片手にゴロゴロしていた。

SNSは見るだけで兄貴が勝手に俺のスマホで作ったアカウントでも発信はしていない。

それなのにフォロワーがさらに増えていた。一万五千人超えとか、マジでありえなさすぎる。なんも投稿してないのに、なんでだよ。そう思って画面をスクロールしていくと、翔が独断でアップしたSNSの動画に俺のアカウントIDがタグ付けされていた。それでいきなりこんなに増えたのか。

あいつ、まだ削除してなかったのかよ。

早く消せよと、文句のひとつでも言ってやろうとしたところで指が止まる。

不意に指がコメント欄をタップしていた。

『ものすごくイケメン★』

『イケメンで、しかも歌がうまいですねっ！』

『ぎゃー、神！　歌声がやばすぎる！』

『透き通るような声に癒やされました！』

『ツラいことがあったけど、なんか元気もらえたかも☆』

『普通に泣いた。明日からまたがんばる』

『推し決定！』

前向きなコメントばかり。翔が言っていた通り、ものすごい件数のコメントだった。

「おーい、咲ー。メシー！」

ガチャっとドアが開いて兄貴が顔を出す。

「勝手に入ってくんなよ」

「なんだよ、エロ動画でも観てたのか？」

ふざけたようにスマホを覗き込んでくる兄貴。

「あー、その動画なぁ。俺んとこにも回ってきたわ。翔だろ？　あいつ、おまえしか撮ってないんだもん」

どうやら兄貴も知ってるらしい。

「けど、こうやってどこの誰だかわかんないヤツが俺らの曲聴いて元気出たとか、前向きなコメントくれてんの見たら、もっとがんばらないとって思うよな」

「まぁ、な」

「おまえ、プロ目指してんの？」

「俺はべつに」

「だよなー、咲のガラじゃないよな。ま、俺はプロのベーシスト目指してるけどね！」

「知ってるよ。ちっちゃい頃からベース弾いてる姿しか見たことねーし。そんなにのめり込めるのもある意味すげーよな」

「はっは、好きって気持ちは最強だからな。俺は自分の好きなことしかやらないんだよ。現実はそんなに甘くないけど、好きなことをやらない人生なんてつまんないからさ」

兄貴はやりたいことが明確で、はっきりと自分の意思を押し通す頑固者だ。

だからいつも楽しそうで、失敗しても人のせいにしたりはしない。

精いっぱいやって悔いのないように生きてきたからだろう。

俺にはなにができる？

やりたいことが定まっていないから、どれもこれもしっくりこない。

人の役に立つことといってもたくさんありすぎて、具体性がない。

「はぁ」

「そんなに悩むなよ。まだ若いんだから、今すぐ決めなくてもいいと思うぞ。時間はたっぷりあるんだからな」

「…………」

時間はたっぷりある……。

もし、葵のことがなかったら俺だってそう思っていたはずだ。

なんでも葵と結びつけるのはよくないけど、どうしても浮かんでくる。

『生きたい』と言って泣いた葵の顔が。

人のためじゃない。

俺は、葵のためになにかしたい。

葵が心から笑ってくれるなら、なんだってできそうな気がした。

きみがくれた強さ

翔くんから送られてきたライブのときの咲の動画は私の宝物。

クリスマスにもらった咲からのブレスレットは毎日つけてる。あれからずいぶん経ったから、少し色あせてきたけど磨いたらピカピカになった。

ふたつとも、私の大切な思い出のかけら。

思えば咲との思い出も少しずつ増えたな。

付き合って九カ月、とくに大きなケンカもトラブルもなくいたって順調。

でも一緒に過ごした分だけ、私の心臓は確実に弱ってきている。

あとどれくらい……そう考えるのはもうやめた。考えたって変わらないもんね。

それにドナーが見つかるのを信じているから。

それまでは持ちこたえてよね、私の心臓。

ちょっとくらい痛くても、苦しくても、こんなのはきっとなんともないから。

今日は定期通院の日で私は病院に来ていた。すぐに診察室へと呼ばれて先生の目の前の椅子へ座る。

「葵ちゃん、よく聞いてね」

診察室で先生が神妙な面持ちで話し出した。

なんだろう。

良くないことかな。

「今度発作が起きたら、心臓が止まるかもしれない」

え……。

ドクンと弾んで、キリキリ痛くて、今にも止まりそう。

冷や汗が流れて、今ここにいるという実感がまったくない。

先生はなにを言ってるんだろう。

それって、死ぬってこと……？

「一時的に止まるかもしれないっていうことよ。それほど弱ってきているの。入院も考えなきゃね」

先生の声がやけにリアルに胸に響いた。

大丈夫だと思ってはいても、こうして突きつけられるとグラグラ揺れる。

薄っぺらいペラペラの紙一枚で保たれてる気力が今にもグシャッと潰れてしまいそう。

ああ、そうか。私は死ぬんだもんね。

まだ猶予があると思っていたけど、もうすぐそこまできてる。

頭の中に浮かんでくる現実に、目に熱いものが浮かぶ。

「ドナーは、見つかるの……?」

「ええ、見つかるわ。必ずね」

「……っ」

涙が頬を伝う。

私だってそう信じたい。

でも……本当は怖い。

怖いよ……。

わかってる、どうにもならないこともあるって。

でも咲と出会って、咲に恋して、私は……。

「今の葵ちゃんはすごくいい目をしてるわね」

「………」

「生きたいっていう目。ちょっと前までは、運命を受け入れてどこか諦めたような目をしてた。見違えるようだわ」

「好きな人のおかげ……かな」

「それは、いいことね。葵ちゃんの生きる気力になってるんだもの」

「生きる気力……」

「強い思いが奇跡を起こすこともあるから、諦めないで」

いつの間にか咲の存在が私の生きる気力になっていたなんて……。

目に浮かんだ涙をぬぐいながら、咲の顔を思い浮かべる。

大好きで、大切で、かけがえのない存在。咲を悲しませるようなことだけはしたくない。

私が不安でいると、咲まで心配そうな顔をする。強くならなきゃ。


「葵、おはよう！」

「おはよう、花菜」

次の日、昇降口で花菜と一緒になった。クラスが違うから、なかなか会えないのがさみしい。

「あ、そうだ。今日の放課後空いてる？　黒田がさー、また勉強教えろって！　ふたりきりじゃ嫌だから、葵も来てくれない？　今日は学校の空き教室でやろうと思ってるんだ」

「あはは、いいよ。咲にも聞いてみるね」

「うん、また返事ちょーだい」

花菜と並んで歩きながら、お互いの近況を話す。

あっという間に教室が近づいてきて、廊下の踊り場に咲と翔くんの姿が見えた。

「あのふたり、クラスが離れてもなんだかんだで仲いいよね」

じゃれ合うふたりを見ながら花菜が苦笑する。

「そうだね」

「葵も鳳くんとうまくいってるみたいで羨ましいなぁ。あたしも彼氏ほしーい！」

「いいかげん、翔くんの気持ちに応えてあげたらいいのに」

「うーん……まだいまいち踏み出せなくて、様子見ってところ」

これはひょっとして、ひょっとするんじゃ……？

「え、なになに？　なんの話？」

「きゃあ」

背後から顔を見せた翔くんの姿に驚いて思わず叫んだ。

「葵ちゃん、ひどいなぁ。悲鳴あげるなんて」

冗談っぽく笑いながら肘でつんつんと脇腹を小突いてくる翔くん。

「おい、やめろ」

それを見た咲が私と翔くんの間に割って入ってきた。

さり気なく肩を抱かれて、思わずドキッとする。

「おーおー、お熱いことで。俺にもその熱をわけてくれー！」

「バカ」

花菜がすかさずつっこむ。翔くんに対して、ますます遠慮がなくなっている。

翔くんは翔くんで花菜に絡まれてうれしそうだし、やっぱりふたりはお似合いだと思う。

勉強を見てあげようとしているあたり、花菜は翔くんを嫌いってわけではなさそうだし、きっと好きだと思うんだけど。

「黒田なんて放っておいて、いこいこ！」

「そりゃないよ、花菜ちゃん」

「うるさい、ついてこないで」

ふたりの背中を見つめながら、クスクス笑ってしまう。

「あ、見て！　外！　晴れてるのに、虹が出てる！」

近くにいた女子たちが騒ぎ立てる声がした。

わ、本当だ。

「ぷっ、ガキみたいな顔して」

「笑ったな、今」

「そんなに虹が見たいなら、屋上にでも行くか」

人の話なんて聞いちゃいない。

教室へ寄らずに、咲に手を引かれながら階段まで進んだ。

「あ、咲、私、階段……」

無理だ。

そう言おうとした瞬間、ふわりと身体が浮いた。

「ちょ、きゃあ」

「しっかりつかまってろよ」

「や、やだ、降ろして」

「いいから。じっとしてろ」

抱きかかえられたまま階段を上がる。

体のいろんなところが密着していて、よけいに照れくさい。

ゴツゴツした男っぽい手も、分厚い胸板も、サラサラの髪の毛も、咲の全部にドキドキさせられる。忘れたくない、この腕の中の感触を。

虹どころじゃないよ。

目の前の咲で、私の全部が精いっぱい。

「わー、きれい！」

太陽の光がさんさんと降り注ぐ春のひだまりの中、私たちは手をつないだまま空を見上げた。

どこまでも澄みきった薄青の中に、はっきりくっきり浮かぶきれいな虹。

でもやっぱり私は、隣の咲が気になってばかり。

何度もチラ見していると何度目かで目が合い、咲の顔がゆっくり近づいてきた。キスされるんだとわかって、私はそっと目を閉じる。

いつも通りのふれるだけのキスなのかと思いきや。

「んっ」

離れてはくっつき、何度も唇が降ってくる。

絡められた指先に力が込められ、咲の熱が伝わってきた。

熱い、ものすごく……クラクラして、溶けちゃいそうだよ……。

「……好きだ」

頬や唇の横にも柔らかい唇が当てられた。

「うん……私も」

「ずっと一緒にいような」

「うん……っ」

ふたりでいつまでもずっと一緒にいたい、離れたくないよ。

そう願いを込めて、きつく手を握り返した。

体調は良かったり、悪かったり、そんな日々の繰り返しで毎日は過ぎていった。

何気ない毎日が、当たり前の日々が、こんなにも輝いていたんだって失ってみて初めて気がつくのだろう。

でも、そんな未来が遠くないことを、私はすぐに思い知ることになる。


「葵、今日は休んだほうがいい。病院へ行こう」

「ううん、大丈夫」

「そうは見えないぞ」

「学校行かなきゃ」

「ダメだ」

「うう、お父さんの頑固者」

こういうときのお父さんは絶対に意見を曲げないから、私が折れるしかなかった。

それでも病院は嫌で、そこだけは私の意思を貫いた。

咲にメッセージ、しなきゃ……。

ベッドに横になってスマホをいじっていると、だんだんと意識が遠のいていつの間にか眠ってしまった。

次に目を覚ましたらお昼すぎで、咲からは返信があった。

【無理すんな。ゆっくり休め】

短い文の中に優しさが見える。

私はゴロゴロしながら咲の動画を流して目を閉じた。

聴いていると心が落ち着いて、穏やかになる。できればずっと聴いていたい。そしたら不安なんてどこかに消えて、笑える気がするから。

「うっ」

ズキッと胸が痛んだ。薬を飲んでいても、負担になるようなことをしなくても、こうやって痛むたびに実感させられる。

あとどれくらいもつかな。

せめて一学期の間だけでも、ちゃんと通えたらいいのにな。

楽しい記憶でうめ尽くせば、なにがあっても大丈夫だと思う。いいことも悪いことも含めて。

私はまたベッドでウトウトしていたらしい。

スマホの音でハッとした。

で、電話……？

ロクに相手を確認せずにタップしてスマホを耳に当てた。

「もしもし」

『葵?』

「咲?」

『おう。今大丈夫?』

「うん、ゴロゴロしてたところ」

『そっか。体調どう?』

「良くなったよ。今日はずっと寝てた」

『そっか、良かった』

咲……心配させちゃったよね。

声の様子から、めちゃくちゃホッとしたのが伝わってきた。

『俺、またライブ出ることになった』

「そうなの?」

『うん。しかも今度は単独。兄貴経由で話がきたんだ』

「すごいじゃん!　よく出る気になったね」

『葵が……』

咲はそこまで言って黙り込んだ。

「うん?」

『喜んでくれるかなって思ったから』

「もちろんだよ！　絶対行くから！」

私のためだなんて、うれしすぎる。

『そう言うと思ってチケット押さえた』

「さすが。ありがとう！　楽しみにしてるね」

ライブは再来週の土曜日らしい。やたらとテンションが上がったまま通話を切った。

楽しみだな、咲の単独ライブ。

楽しみすぎて一気に元気が出てきた。

息苦しさも和らいだ気がする。咲のおかげで目の前が明るく開けたような気がした。


次の日は少し回復して、学校に行くことができた。

教室では咲の単独ライブの話で盛り上がっている。

クールで無口な咲だけど、二年生になってからは中学のときの友達がクラスに多くいるせいか、いつも誰かしらに囲まれている。

冷たく見えても基本的には優しいヤツだから、友達が多いのもわかる。

「すごいじゃん、咲くん！」

「あたしもライブ行きたいっ！」

「俺も行くよ」

「恥ずいから、絶対くんな。なんでクラス中に広まってんだよ」

「そりゃ噂にもなるよ。咲くんは有名人だもん」

「有名人、ね」

「本当だよ？」

「くだらない」

もー！と頬をふくらませながら咲の腕に軽くボディタッチをするクラスメイトの葉《は》月《づき》さん。

髪の毛を巻いて、メイクもバッチリ。唇がプルプルでスタイルもいい女子力高めの女の子。

「もー、あはは！　やだぁ、咲くんったらー！」

高らかな笑い声が響く。

葉月さんは咲の顔を至近距離から覗いてた。

それに気づいた咲は距離を取るけど、彼女はめげずに近づいていく。ふたりが並ぶととても絵になって、お似合いだ。

そんなことを思うとなんだか胸が痛かった。

ふたりの姿、見ていたくないな。

顔をそらして机に伏せる。

「葵」

突然肩を叩かれた。

考えなくても声でわかる。

「大丈夫か？」

「おはよう。大丈夫だよ」

そっと見上げた咲の顔には安堵《あんど》の色が浮かんでいる。昨日はとても心配させちゃったし、今日だって食い入るように私を見つめて咲は心配ばっかりだね。

できるだけ弱いところは見せたくないのに、これからも、こんな顔ばっかりさせちゃうのかな。

そんなに困った顔しないでよ。

とんでもなく重病人みたいじゃん。

って、そうなのか、私は重病人なんだ。

「大丈夫だから、そんな顔しないで」

咲の腕をバシッと叩いて、笑顔を浮かべる。

「本当に心配性なんだから」

何事もないフリをしながら笑うと、咲の顔がフッとゆるんだ。

「顔色もいいみたいだな。良かった」

「うん」

チャイムが鳴ってみんなが席に戻っていく。

やがて授業が始まると教室内は静かになった。

はぁ、授業中はいいな、なにも考えなくてすむから。

明るい未来を信じてはいても、漠然とした不安は消えない。これからどうなるのかとか、この先どうするのかとか、ぐるぐるぐるぐる、巡ってる。

情けないよね、強くならなきゃって思うのに……。


ライブが二日後に迫った木曜日の午後。

最後の授業が体育だったので、私は体操服で見学していた。

ザーザーという雨の音がうるさい。湿気がすごくてジメジメしてるし、それだけでドッと疲れたような気分になる。

「鳳！　パス！」

ボールが咲に回ってドリブルしながら駆けていく。

振動がこっちにまで伝わってきた。

「シュートいけっ！」

その瞬間咲は大きくジャンプして見事なダンクシュートを決めた。

やっぱり好きだな、咲が真剣にバスケをしてる姿を見るのは。

いつか見た体育館での光景が蘇る。

あと何回くらい咲のこんな姿を見れるんだろう。それを考えるとちょっと切なくなった。

「きゃあああ！」

「カッコいい〜！」

体育は二クラス合同なのでやたらと人数が多いけれど、どこにいたって咲の姿はすぐに見つけられる。

「う、いった……」

大きな動悸のあとに突然襲った胸の痛み。

今週に入ってから体調は最悪で、じっとしてても動悸がして、唇や爪先が紫色になっている。血が巡っていない証拠。息苦しくて、目がかすむ。

なんで私はこうなんだろう。

体調が悪いと思考もマイナスになるのが、すごく嫌だ。

信じてたものが全部、すぐに揺らいでしまう。

私に未来なんてあるのかな。本当に生きていられるの？　今すぐに、どうにかなってもおかしくないよね。

そんなことを考えてたら、動悸はどんどんひどくなってきて。

ああ、ダメだ……。

身体から力が抜ける。

自分が倒れていく感覚もないまま、ズルズルと重力のまま下に落ちていく。

うっすらかすむ視界に、体育館の高い天井が映った。

「葵！」

だんだんと意識が遠のいていくなか、誰かが必死に名前を呼ぶ声がした。

Heart＊5

固い決意

――ピコンピコン。

どこかから機械の音が聞こえた。

私はどうなっちゃったんだろう……。

そんな思考が戻ってくるのと同時に、ドクンと心臓が大きく脈打った気がした。

「んっ」

――ピコンピコン。

一定のリズムを刻む音は、心音と重なって聞こえてくる。

そういえば、私……。

うっすら目を開けると周りに人が立っている気配がした。私に向かってなにか言ってるみたい。でも、機械の音しか聞こえてこない。

なに、これ。変なの。

「……い！」

視界がまだはっきりしない中で、耳もとでかすれる声がした。

誰の声だったかな……。

とても懐かしいような……。

「葵っ！」

「さ、く？」

ああ、そうだ。咲の声だ。

「葵！　良かった！」

私の顔を覗き込む咲の目が真っ赤に充血していた。

口には酸素マスクと腕には点滴がつながっているのか、身体が固まってしまったように動かない。

またそんな顔をさせちゃったね……。

謝りたいのに声が出なくて、もどかしかった。

「葵！」

お父さんの声と周りの景色で、すぐにここが病院の個室だとわかった。

息苦しくて寝返りを打つことができず、なにかしゃべるだけでも息が切れる。

「心不全よ。入院して絶対安静。たまった水が抜けたら楽になると思うから」

入院……。

ウソ、絶対やだ。

返事をする代わりに大きく首を横に振る。だって、そんなの困るよ。入院なんかしたら、咲のライブに行けなくなっちゃう。

「葵、先生の言うことを聞かなきゃダメだろう?」

お父さんが諭すような口調で言う。

私はたまらずに咲の顔を見上げた。

眉を下げ力なく笑う咲は、よく見ると顔がこわばっているような気がする。

「さ、く……?」

どうしたの……?

私、そんなに重症っぽく見える……?

「葵ちゃん、正直に言うわね」

え?

なに?

やだ。

とっさにそう思い、耳を塞ぎたい衝動に駆られる。

でも身体が動かないからそれも無理で、今の私にはなにもできない。

「葵ちゃんの心臓ね」

ドクンドクン。

「止まったの」

「え……」

「そこの彼が救命処置してくれたから大事には至らなかったけど、次またいつ発作が起きてもおかしくない状態よ」

胸が痛くても、どれだけ苦しくても、泣くことさえできない今の私。

心臓が止まった。

その事実が怖くて震えた。前が見えない。とうとう私もここまでなのかな。

「今が正念場よ。乗り越えてドナーが見つかることを信じましょう」

最後のほうの言葉が耳に入ってくることはなかった。

ただ必死に天井を見つめながら、もって行き場のない感情を胸の奥に押し込めた。


夜になって病室にひとりぼっちになると、機械の音がやけに耳についた。

心電図のモニターは私の心臓に合わせてリズムを刻んでいる。ちゃんと動いてる。

動いてるのに……。

本当に止まったの？

ねぇ、なんで、嫌だよ、死にたくない。

そんなことを考え出すと止まらなくなった。

今までだって覚悟はしてた。でも実際に心臓が止まったと聞かされて、今まで曖昧だったものがもうすぐそこまで迫ってきているんだと思わずにはいられない。死というものを、初めてこんなに身近に感じた。

咲だって今日は表情がこわばってたし、動揺が隠せていない状態だった。きっとどんな反応をすればいいかわからなかったんだろう。

心臓が止まった私を目の当たりにして、どう感じたのかな。

次の日、息苦しさはまだ抜けなくてベッドから起き上がることもできなかった。

夜もほとんど眠れなくて、私の人生ってなんだったんだろうって……。

考えたって答えなんて出なくて、暗い闇の中にひとりポツンと取り残された感覚。

手をもち上げるのもダルくて、一日中人形のように横たわりながらベッドで過ごした。

「葵」

優しく名前を呼ぶ声がしてそっと目を開けると、制服姿の咲がいた。

走ってきたのか、髪の毛が乱れている。

「来てくれなくて、良かったのに……」

だって今の私はボロボロで、昨日からお風呂にだって入れていない。

こんなみっともない姿見られたくなかったよ。

「そんな言い方ないだろ。俺は会いたかったのに」

ぎこちなく笑う咲。

「ごめん……」

私だって本音は会えてうれしい。

「謝んな、バカ」

頭を軽く小突かれて、私はたちまちなにも言えなくなった。

「そういえば、ライブ……行けなくてごめん」

すごく楽しみにしてたのに……。

「いいよ、気にすんなって」

「昨日も……助けてくれてありがとう」

「ああ……うん、ビックリした。葵がいなくなるんじゃないかって……」

「あは、死なないよ。咲が言ったんじゃん」

「そう、だな」

そう言ってつぶやいた咲の頬がピクピクと震えていた。

「葵がいなくなるわけ、ないよな。なに言ってんだ、俺……」

「そうだよ……」

「うん。変なこと言って悪い」

私は見逃さなかった。咲の声が、肩が震えていたことに。


ライブ当日の土曜日、花菜と翔くんがお見舞いに来てくれた。

「思ったより元気そうで良かったよ！」

「ごめんね、ふたりとも」

「謝るなって！　咲のライブの動画楽しみにしててよ。ライブハウスに許可取って生で配信するからさっ！」

「ちょっと黒田、大勢に晒《さら》すのはやめなさいよ？」

「わかってるよ、葵ちゃん限定で配信すっから！」

グッと親指を立てる翔くん。それを見て花菜が呆れたように笑った。

花菜には詳しい病気の話はしてないけど、今回の入院をとても心配してくれている。翔くんにいたっては、直接話してないからどこまで知ってるのかは謎だ。

でもきっと、私がなんらかの病気をかかえているということはわかっているはず。

「とにかく安静にね。またライブ後に連絡するから」

「うん、ありがとう」

ふたりにお礼を言って、ぎこちなく笑ってみせた。これが今の私の精いっぱいの笑顔だ。

ライブに行けないってわかってから、気力がどんどん削られているような気がする。

「はぁ、苦し……っ」

酸素マスクをしていないと、私の身体には酸素が行き渡らなくて息ができなくなる。

食欲もなくなって、病院食にも口をつけられない日々。

それでもスマホで翔くんが配信してくれた生動画を観たら、そんな気持ちはどこかに飛んでいった。

どこまでも伸びやかで、感動的な咲の声がすごく好き。

心が震えるその瞬間、ああ、生きてるって実感させられるんだ。

二十分間の映像の中に咲の魅力のすべてが詰まっていた。

ほらね、私の言った通りだよ。咲の歌は聴く人すべてを魅了する。

『えーっと、突然なんですが。俺には彼女がいます』

ライブの途中で咲が曲間にそんなことを語りだした。

『今日は諸事情があって参加してないんですけど、次の曲は彼女を思い浮かべながら自分で作った曲です』

ウソ……。

思わずスマホを凝視する。どこか照れくさそうに笑う咲は、いつも私の前にいる咲だ。

会場からは雄叫びのような悲鳴が上がった。

『咲のヤツ、やるじゃん』

『愛だね、愛。こんなのされたらホント胸キュンしちゃう』

『花菜ちゃん、俺もたっぷり愛はあるからね！　花菜ちゃんのことマジだからね！』

『はいはい。とりあえずライブに集中しようか』

翔くんと花菜の声まで聞こえてきた。会場にはいないけど、一緒に参加しているような気になってくる。

咲が作ったという曲はバラードだった。

ギターで軽くメロディを刻みながらの、短めの曲。タイトルも決まってないというその曲を聴いて、なぜだか涙が止まらなくなった。


次の日、日曜日だったこともあって咲は朝からお見舞いに来てくれた。

ライブは大成功だったようで、咲は大役をやり遂げたあとの達成感いっぱいの表情を浮かべている。

「すごかったよ、本当に。私のために作ってくれた曲も、感動しちゃった」

昨日は保存した動画を何度も観て、咲の歌声を聴きながら眠りに就いた。すると、久しぶりにぐっすり眠れたんだ。

「ありがとう、咲」

ねぇ、大好きだよ。

「葵が喜んでくれて良かった」

近くのパイプ椅子に座った咲に手を握られる。

「わ、私汗すごいよ」

ふれられることに抵抗があって、思わずそんなふうに言ってしまった。

髪だって入院してから洗ってない。夏だから、汗くさかったら嫌だな。一応明日ベッド上でシャンプーしてもらえることになってるけれど、今日してもらえば良かった……。

「そんなの俺のほうがすごいし、どんな葵だって気にならないよ」

私は気になるんです、かわいく見られたいんです。

そういう乙女心を、咲はきっとわかっていない。

それとも優しいから、そんなふうに言ってくれるのかな。

「うっ」

急に痛みが襲ってきて、とっさに左胸を押さえた。

「葵⁉」

「う、あ、胸が……」

「大丈夫か!? な、ナースコール！」

咲が勢いよく立ち上がりパイプ椅子がガタッと音を立てる。

いつの間にかコールしてくれたらしく、バタバタと慌ただしく数人の看護師がきて対処してくれた。

薬を飲んで少し眠ると、痛みは落ち着いていた。

目が覚めたら夕方で、窓から差し込む夕日で部屋の中がオレンジ色に染まっている。

「咲……まだ、いてくれたんだ？」

私の手を握りながら、ベッドの上に伏せて規則正しい寝息を立てる姿に頬がゆるんだ。

寝顔、初めて見た……。

まつ毛が長くて、目を閉じていても咲の魅力は衰えないどころかますますカッコよく見える。

「咲……私、これから、どうなるんだろう。いつ終わりがくるの？」

長いトンネルの中にいるみたいだよ。

「信じてるけど……不安でいっぱいだよ……でも、今死んでも後悔はない、かな」

温かい咲の手を握りしめながら短い息を吐き出す。

この温もりを忘れたくはないけど、これさえあれば大丈夫だって気にもさせられる。

不思議だね。

あれだけ怖くてたまらなかったのに。ううん、今でも怖くてたまらないけれど。

「これ以上、咲を……苦しめたくないよ……っ」

ポタッと涙の雫が頬に流れた。

何度も見てきた咲の不安気な表情が脳裏をかすめる。あとどれくらいそんな顔をさせてしまうんだろう。悲しませてしまうんだろう。

その原因が私だということが、とてつもなくやるせなくて苦しい。

強さと勇気、そして諦めない心をくれた咲には、誰よりも笑っていてほしいと願ってしまう。

咲は私にとっての希望だから、この先どうなるかわからない私のことで苦しめたくない。

好きだけど、それ以上に幸せになってほしい。

そのためなら私は、なんだってするから。

「ん、あお、い……？」

寝ぼけ眼の咲がのっそりと起き上がったのを見て、私は慌てて涙をぬぐった。

「咲、おはよう」

これでもかってくらい口角をもち上げて笑う。そうすることで咲がホッとするのを知っているからだ。

「悪い、寝てた」

「ううん、謝らないで。咲の寝顔、かわいかった」

「はぁ？　かわいいはないだろ。せめてカッコいいとか言えよ」

「あはは、カッコ良かった！」

「言わせた感ハンパないな」

「そんなことない、本心だよ！」

笑っていれば大丈夫。


その日の夜、お父さんがお見舞いにきた。

会社と家と病院の往復で忙しいはずなのに、くたびれた様子は一切なく、いつも通りの優しい表情。

お父さんは私を見て切なげに顔を歪めた。

「先生とも話し合ったんだが、アメリカへ行かないか？　アメリカは日本に比べて医療も進んでいるし、腕のいい医者を紹介してくれるそうだ」

「アメリカ……？」

「日本でドナーを待つよりも、アメリカへ行って最先端の治療を受けよう。ゆくゆくはドナーもアメリカで見つかればと思っているんだ」

「え……？」

「仕事の目処もついたし、これからはアメリカで暮らさないか？　日本にいるよりはずっといいはずだ」

「そんな、ちょっと待ってよ……」

突然の思いがけない話に頭が回らない。

これからずっとアメリカで暮らす……？

最先端の治療を受ければ、助かるのかもしれない。

でも、日本に帰ってこられないんじゃ……意味ないよ。

咲と離れ離れになるのは嫌だ。

だけどこのままここにいても、私は助からない可能性の方が高い……。

どうすればいいんだろう。


アメリカ行きのことも相談できないまま、数日がすぎた。

咲は毎日のようにお見舞いに来て、会うとバカなことばかり言い合って、常に笑っている。

――コンコン。

きっと咲だ。

「どうぞ」

ノックされるたびに咲だと期待して胸が高鳴る。早く会いたい。咲の顔を見ると癒やされるから。

やっぱり離れたくない。好きだよ。いつ死んでもいいなんてウソ。後悔はたくさんある。咲には笑っていてほしいけど、それは私の隣でっていう意味。

「咲！」

「よう」

「お疲れさま」

「今日は顔色良さそうだな」

「うん！　咲が来たってわかったから」

「はは、単純」

心配させたくなくて、できるだけ元気に見えるように振る舞う。

お見舞いにくると、咲は学校であったことを細かく話してくれる。他愛もない話ばかりだけど、それを聞くのが毎日の楽しみだ。

「俺ばっか話してんな。葵はなんかあるか？　俺に言いたいこと」

「うーん……そうだなぁ」

まだ迷っているのもあって、肝心のアメリカ行きのことは、咲には言えなかった。

「ごめんね……って伝えたい、かな」

「なんだよ、急に」

「うん、咲にはいろいろと苦労かけてるから。お見舞いだって毎日じゃなくても大丈夫だよ」

　咲はきっと、私のことが心配で夜もあまり眠れていないのだろう。学校と病院の往復も大変なはずなのに、毎日欠かさずお見舞いに来てくれるし、いったいいつ休んでいるのかな。無理をしてまで会いに来てほしくない。

「苦労って……」

　私は「ごめん」ともう一度謝って、頭を下げた。

「もう謝るなよ。俺は」

　そこで一旦黙り込むと、咲は照れくさそうに頬をかいた。

「そのままの葵が好きだから、会いに来てんだよ。好きだったら、毎日会いたいって思うのは普通だろ。病気だからとか関係ない。俺がただ会いたいだけ。それを、苦労なんて思ったことは一度もない」

　一途な想いに涙があふれた。

「う、ん、ありが、と……っ」

できることなら、十年後も二十年後も、その先もずっと一緒にいたい。

でもそれは、叶わないかもしれない。

だけど、もし私がアメリカに行くことで叶うんだとしたら……。

私は、私は……少しの望みにかけてみたい。

「泣くなよ。また倒れるぞ」

「うん……っ」

「俺がずっとそばにいるから」

そう言いながら肩を引かれて、そっと優しく抱きしめられた。咲の腕の中は、温かくて優しくて、とても落ち着く。

忘れたくない、この温もりだけは。

ずっと一緒にいたいよ。

生きたい、よ……。

「俺は……なにがあっても葵のそばを離れない。不安があるなら、全部吐き出せ。俺が一緒に背負ってやるから」

「……っ」

ねぇ、咲。

本当は咲だって怖いんだよね。

だって咲の声が、腕が、私以上にとても震えていたから。

ずっと一緒にいられる未来だけを見れたら良かった。少しでも可能性があるのなら、アメリカへ行こう。

もう迷わない。

たとえ寿命が尽きたとしても、このままなにもせずに消えていくのだけは嫌だ。

希望があるなら、それにかけてみたい。

だけど咲を縛りつけたままでいるのは嫌だから――。

「咲、ひとつお願いがあるの……聞いてくれる？」

とことん悪者にだってなってみせる。

「ん？　どうした？」

「私たち、もう終わりにしよう」

一瞬にして張り詰めた空気に変わった。

声、震えてなかったよね……？

最後までちゃんと言うんだ。言葉が喉の奥につっかえて出てこない。

その代わりに漏れそうになる涙と嗚咽を必死にこらえた。

「もうね、別れ……たいの」

今は泣くな。

「なんで……？　なんで、いきなりそうなるんだよ」

「ごめん……」

それしか言えない。

「ごめんって、ちゃんと言ってくんなきゃわかんねーよ……」

「別れたい」

「俺のこと、好きじゃないとか？」

違う、大好き、でも、言えない、言っちゃダメ。

「うん……」

「いや、ウソだろ。なんでそんなこと言うんだよ」

「ホントだよ……もう、好きじゃ、ない」

こらえた涙が頬に落ちた。

ポンポンと咲が手のひらを私の頭に載せて、優しくなでてくれた。

優しくしないで。そんなことされたら、よけいに決心が鈍りそうだよ。

静かな空間に私の鼻をすする音だけが響く。

しばらくしてから、咲が無言で立ち上がった。

「俺は別れないからな。じゃあ、また明日」

そう言い残し、咲は病室を出ていった。

旅立ちの日に

お父さんにアメリカへ行きたいことを伝えると、善は急げということで三日後に発《た》つことが決まった。

飛行機は心臓に負担がかかるので少しでも早いほうがいい。医療スタッフが数名同行して細心の注意を払い、万が一の準備をしてくれてのフライトになるらしく、私はそれだけ重病人なんだと思い知らされた。

うまくいかなかったときのことを考えたくなんてないけど、不安と恐怖がぬぐえない。

今ではひとりで立ち上がることさえできなくなった。最近ではすごく痩せたから、鏡を見るのも嫌だった。

――コンコン。

ドキリと胸が鳴る。

返事をしていないにも関わらず、病室の扉がスッと開いた。

「よう」

そこには気まずそうに目を伏せる咲の姿。

目を真っ赤に充血させて、疲れきった顔をしている。

「お疲れ」

さらには声が少しかすれていた。

私のせいで、そんな顔をさせているんだ……。

私から解放されたら楽になるのに。

「咲、聞いて」

私は咲の幸せを願ってる。誰よりも大切で大好きな人を、これ以上私の都合に巻き込みたくない。

「お父さんがアメリカに行かないかって。あっちのほうが医療が進んでるんだって」

「え、アメリカ……？」

咲は大きく目を見開いた。

「アメリカに行けば助かる確率も、もしかしたら少しは上がるかもしれない……でも、迷ってる」

ごめんね、ウソばっかり。結論は出ているくせに。私はまたウソをつく。

「迷ってるって、なにを迷う必要があるんだよ。少しでも可能性があるなら、行くべきだろ」

肩をガッとつかまれ、ものすごい気迫が伝わってきた。

うん、咲ならそう言うと思ったよ。

「ひとつだけ条件があるの」

「待ってる」

「咲、聞いて」

「絶対に待ってる。なにがあろうと意見は変えない。俺、案外頑固だって知ってるだろ？」

「咲……ダメだよ。待たないで。それが条件」

楽になっていいんだよ。

助かるかどうかわからない私のために、これ以上苦しむ必要はない。

「俺、今まで失恋して落ち込むヤツの気持ちとか全然わからなかった……恋愛ごときに振り回されて、バカだなって……けどさ、今は気持ちがわかる」

「……っ」

「すっげー……ツラい」

ごめんね。

ごめん、なさい。

「ツラいけど、葵を好きじゃなくなることのほうが俺には考えられないから……待ってる。葵が帰ってくるのを」

「じゃあ……行かない。待たないって約束するなら、行くよ」

こんなのすごく卑怯《ひきょう》だ。

私って最低。でもそれでいい。

「葵……好きだ」

「……っ」

咲の真剣な想いがストレートにぶつかってきて、激しく心が揺さぶられる。

「離れるなんて考えられない……っ」

うん、私もそう思う。

咲を想ってるから、ツラい顔はしてほしくないんだよ。笑っててほしいの。

私のせいで咲の笑顔が奪われるなら、この手を離すことを選ぶよ。

「もう解放されたい……いろんなしがらみから。待たれるのは、正直重いよ」

「……っ」

切なげに歪む咲の顔。ナイフで胸がえぐられるように痛い。

「だから、ごめん……もう無理」

呆然とする咲を避けるように、布団を頭からかぶって背中を向ける。

油断するとすぐに涙があふれてきて、耳の横を伝って枕に落ちた。

声を押し殺して、必死に歯を食いしばる。

まだ咲がいるんだから、今は出てこないで。

せめて咲が帰ってから、それまでは我慢。

「葵……」

返事はしなかった。ううん、できなかった。

傷つけたのにすごく優しい声で名前を呼ぶから、また涙があふれたの。

「俺は、好きだよ」

やめて。

「いつまでもおまえのこと、想ってる。同時に葵の幸せも願ってる。できることならそばにいたい」

涙がとめどなくあふれて、嗚咽が漏れてしまわないようにシーツをギュッと握った。

「とりあえず、明日もまた来るから」

「……ないで」

必死に歯を食いしばった。そして、大きく息を吸う。

「もう、来ないで……」

胸がヒリヒリしてはりさけそう。

こんなにツラいなら、最初から好きにならなきゃ良かった。咲への想いが胸の奥深くを刺激する。

一緒にいたい、本当は。

でも、ごめんね……。

咲の気配はいつまで経っても病室から消えなくて、次第に鼻をすするような音が聞こえてきた。

ウソだよね、まさか……泣いてるなんて。

そんなわけないよね……？

だってあの咲だよ？

泣くわけないじゃん。

涙がドバッとあふれて止まらなくなった。

しばらくすると咲は無言で病室を出ていった。

もう会わないほうがいい。咲のためにも、私のためにも。

涙が止まらなくて、この日は一睡もできなかった。


次の日はまるで廃人のようになにもする気が起きず、連絡が来るわけないのにスマホを何度もチェックした。

毎日欠かさなかった夜寝る前の『おやすみ』も、朝起きてからの『おはよう』も、全部なくなってしまった。

さみしいのは最初のうちだけ。

咲のいない生活にも、きっとすぐに慣れる。

それは咲も同じ。ツラいのは最初だけだよ。傷つけてごめんね。

離れる必要はなかったんじゃないか。もっと話し合えば良かったんじゃないか。後悔の念が浮かんでは消える。

自分の選択が正しかったかどうかはわからない。

咲の笑顔がまぶたの裏に焼きついて離れず、思い出すと楽しかった記憶が蘇って、涙がとめどなく流れた。

「ふっ……うっ……ひっく」

泣いても泣いても涙が枯れることはなくて、どうしようもないほどの咲への想いに胸が痛んだ。

会いたい……。

でも、会えない、もう二度と。

手を放したのは私なんだから。

中途半端な覚悟のまま咲と離れたから、こんなにもグラグラ揺れるんだ。

もっと強くならなきゃ。止まらない涙をぬぐって唇を噛んだ。

もう、泣かない……これが最後。

明日アメリカに発ったら本当のお別れだ。

咲にはなにも言わずに行く。誰にも言わずにひっそりと、痕跡《こんせき》さえ残さずに。

これで良かったんだと何度も自分に言い聞かせて、手にしていたスマホの電源を落とした。


翌日は目を見張るほどの晴天で、車椅子で久しぶりに外に出るとクラクラとめまいがした。

これから車で空港へ移動してアメリカ行きの飛行機に乗る。そうしたらもう、日本へは戻ってこない。

「葵、大丈夫か？」

「うん……」

口角をもち上げてみるけれど笑えない。気力がごっそり身体から抜け落ちている。

お父さんはそんな私を見てさみしそうに目を伏せた。

「早く行こ、お父さん……」

「友達はいいのか？　見送りに来るんだろ？　毎日病室に来てた、鳳くん、だったかな？」

「…………」

来るわけないよ。言ってないんだから。そもそも、もう会えない。

「疲れたから、早く車に乗りたい」

「葵……」

病院の正面玄関を出てすぐのロータリーに車が停まっていた。

早くと催促するように、車椅子からお父さんのスーツの裾を引っぱる。

だけどお父さんはキョロキョロしていて、まるで誰かが来るのを待っているかのようだった。

「お父さん……？」

誰か来るの？

「葵！」

そのときだった。

大きな声が聞こえたのは。

「葵……！」

ウソ……。

そんなはずは、ない。

「はぁはぁ……っ！」

固まったままうつむかせた顔を上げられずにいると、その人は私のすぐそばまで走ってきた。

「なに勝手に行こうとしてんだよ……っ！　はぁ」

息も絶えだえに切なげな声を絞り出す愛しい人。

どうして……ここに？

お父さんの態度が変だったことを思い出してふと視線をやると、バツが悪そうな表情を浮かべていた。

「葵、すまない。彼はてっきり知ってるもんだと思って、一昨日話したんだ」

「え……」

一昨日？

咲が無言で病室を出ていった日のことだ。

私の病室を出たあとにお父さんと会い、今日のことを聞いた、そんなところだろう。

「帰ってからずっと葵のこと考えてた。なにも手につかなくて……葵が俺との別れを望んでるなら仕方ないって、何度も自分にそう言い聞かせて」

一歩ずつゆっくり近づいてきたかと思うと、屈んで下から顔を覗き込まれた。

「葵から離れようと思った。でも——夢を見たんだ」

淡々と話していた咲の表情が歪んだ。

「暗闇の中で、葵がひとりで泣いてる夢。俺はそばに行こうとしてんのに、どんだけ走っても葵のもとにたどり着けなくて……ひたすら必死に追いかけてる」

そこまで言って、咲はフッと小さく笑った。

「夢の中でも俺は、泣いてるおまえの涙をぬぐってやれない。情けないよな。でもさ、目を覚ましてふと思ったんだ。今も葵は泣いてるんじゃないかって」

膝の上で握った拳に咲の手が重ねられ、ふれたところからジワッと優しさが染み渡った。

懐かしい咲の温もりに、ジワジワ涙があふれる。

「そう思ったら居てもたってもいられなくて、今日ここへは来ないつもりだったけど……最後くらい、涙ぬぐってやりたいなって」

「……っ」

『最後くらい』

その言葉を咲の口から聞いたとたん、目に浮かんだ涙がこぼれ落ちた。

わかっていたはずのお別れなのに、今になってさみしさがこみ上げる。

ポタポタと顎から滴《したた》る雫は、重なった咲の手の甲を濡らしていく。

「やっぱ泣いてたんだな」

「ふっ……うっ」

泣きたくなんかない。それなのに、優しい咲の声に涙が止まらなかった。

「今日来て良かった」

ぎこちなく私にふれる指先が涙を絡めとっていく。指先はとても冷たいのに、そこには咲の想いがたっぷり詰まっていた。

「泣き虫」

そう言って笑う咲の目にも、涙が浮かんでいるように見えたけれど、はっきりとはわからなかった。

「迷惑だってわかってるけど、これだけは言わせてほしい」

返事の代わりに小さくうなずく。

「頭シンプルにして消去法で残ったものだけ考えたら、ツラさとか悲しみよりも」

咲にしてはめずらしく饒舌《じょうぜつ》で、精いっぱい伝えようとしてくれていることがわかった。

一語一句聞きもらさないように耳をすませる。

「――好き以外、見つからなかった」

まっすぐで、とても咲らしい言葉だと思った。

「葵への気持ち。それしか見つからなかったんだ」

「咲……」

どうしてそこまで……。

そう想ってくれるだけで十分だよ。

咲を好きになって良かったって、今なら心から言える。

私に恋する気持ちを教えてくれてありがとう。

咲には幸せになってほしいから、好きだと言いそうになるのをこらえて唇を噛んだ。

「それが正直な気持ちだから、覚えといて」

「うん……」

覚えとく。

「俺、結構しつこいし頑固だから、それも覚えとけよな」

「う、ん……」

胸が詰まって途切れ途切れの返事になった。最後だから、私もちゃんと伝えよう。

「私、咲がいたから生きたいって思えた」

「……っうん」

「ありがとう」

感謝の気持ち、それしかない。こんな私を好きだと言ってくれてありがとう。たくさんの思い出も経験も、咲とだから楽しかった。

思い返せばツラいことばかりじゃなかった私の人生。

自由に生きると決めてからの私の世界は、思えばどれもキラキラ輝いていた。

その思い出があればがんばれる。

だから、最後は笑顔でバイバイしよう。

「じゃあ、元気でね」

「葵……」

「お父さん、早く車に」

黙ってやり取りを聞いていたお父さんは神妙な面持ちでうなずいた。

車に乗り込み、ドアが閉まる。咲は呆然と立ったまま、キツく拳を握っていた。

「では、出発いたします」

タクシーの運転手さんがミラー越しに私を見て、サイドブレーキを外す。本当にいいのか？と、目がそう言っていた。

「葵！」

「……っ」

早く出発してくれなきゃ涙が出てきちゃう。せっかく咲がぬぐってくれたのに意味ないじゃん。

「元気でな！」

窓越しに視線が合い、ぎこちなく笑う咲。

ああ、もう最後なんだな。

この期に及んで、まだそんなことを思った。
「咲も……元気でね」
涙をこらえて、私たちは笑顔でバイバイした。
未来の約束もなにもなく、今日が最後。
これが最後。
バイバイ、忘れないよ。
たくさんの思い出と幸せをありがとう。

道しるべ　～咲side～

四年後――。

『さてさて、今日のゲストはＳＮＳで人気沸騰中の現役大学生、鳳咲くんですー！　イェーイ、よろしくねー！』

『今日はお招きいただき、ありがとうございます』

『医大生なんだよね？　頭もいいなんて、すごいなぁ』

『そんなことないですよ』

ひとり暮らしの狭い部屋で、大音量の音が響いた。

あははと爽やかに笑う自分がスマホの画面の中にいる。高校生の頃とは違い、中身も対応も若干だが大人になった。

「いやぁ、マジで有名になったよな」

「大げさすぎ。人気Ｖチューバーのチャンネルに出演しただけだろ。俺自身はまだまだだ」

「謙虚だね～！　昔はそんなヤツじゃなかったのに」

大学生の翔が皮肉っぽくそう口にする。翔は今、俺と同じ大学の教育学部に通う学生だ。

失笑で返して、参考書に目をやった。

『拡張型心筋症は……』

医学部を受験すると決めたのは、葵がアメリカに発ってすぐのことだった。

もちろん簡単ではなかったし、決めてからは親に頼んで塾に行かせてもらい、休みの日も返上して勉強に費やした。

あのとき葵がどれほどの恐怖と闘っていたのかは、今でもわからない。

そばにいることしかできなかった自分を歯がゆく思い、なにもできなかったことが心底悔しかった。

俺はあいつの力になれていたのか。なにかほかにもっとできることがあったんじゃないか。

葵の苦しみや恐怖や不安を、もっと理解できたら行動が変わっていたのかもしれないが、高校生の俺には限界があった。

葵のためになにかしたい。その思いは日に日に強くなり、俺なりに出した答えが医者になることだった。

付け焼き刃ではない本格的な医学を学べば、葵の気持ちが少しはわかるんじゃないか。

離ればなれになったあいつのためにできることがあるとすれば、情けないけどそれしかなかった。

『二十歳まで生きられない』

アメリカは日本よりもかなり医療が進んでいるので、葵は絶対に助かっている。

あんなに必死に生きようとしていたんだから、助からないはずがない。

死ぬわけ……ないだろ。

「葵ちゃん、いまだに連絡つかないんだろ？」

「…………」

「スマホも変えて、俺らとの連絡を一切断って……今頃、アメリカでなにやってんのかな」

翔は葵の病気のことを知っている。重度であることは伝えてないけど、アメリカまで行って治療を受けてると聞けばただ事ではないと思うはずだ。

葵の話題になるとなんとなく空気が重くなる。

それはきっと、俺の心の大半を占める存在だから。あいつもがんばってるんだから、俺もがんばらないと。そう思って何度も忘れようとした。

「おまえの動画、観てくれてるといいな」

「なんだよ、それ」

「だって咲が動画配信し続けてる理由って、葵ちゃんだろ？」

「べつに、そんなんじゃ……」

「隠すなって。今でもおまえはベタ惚れだもんな。相変わらず女の子には冷たいし。おまえを紹介しろって俺に声かけてくる子、めっちゃ多いんだぞ」

「知らねーよ、そんなの」

「断るのが大変な俺の身にもなれよ。そのせいで花菜ちゃんには誤解されるしさ。せっかく付き合えたのに、このままじゃふられるよ」

翔の言葉を右から左に聞き流す。

参考書からそばにあったスマホに視線をやる。そしてメインで活動しているSNSを開いた。昔、兄貴が俺のスマホで勝手に作ったアカウントだ。ずっと投稿してなかったけど、葵がアメリカに発ってから徐々にライブの様子だとか、弾き語りだとか、ちょっとした動画を配信するようになった。

通知欄にたくさんのコメントがきていた。それをひとつずつ確認するのが日課。

作詞、作曲した自分の歌を動画で配信し続ける理由は、葵が俺の歌声を好きだと言ってくれたから。

アメリカにいるはずの葵に届けばいいと切に願いながら、気持ちを込めて歌っている。

忘れられない、忘れたくない、大切でかけがえのない葵に——どうか届いてますように。

配信するたびにたくさんの反響があり、フォロワーもグンと増えて、二十万人以上もの人が俺の歌を聴いてくれるようになった。

その中に葵がいればいい。会えなくても、声が聞けなくても、生きていてくれればそれでいい。

何気なく通知ボタンをタップしてコメントを開いた。

『感動しました！』

『透き通るような歌声ですね！』

『イケメンすぎる〜！』

『ギターもうまいなんて！』

流し見していくと、あるひとつの投稿に手が止まった。

『いつも生きる気力をもらっています。ありがとう』

なぜかドクッと胸が鳴った。

こういうコメントは初めてじゃないのに目が離せない。

アカウント名は『A』。

って……まさか。

いやいや、安直すぎるだろ。

閲覧用なのかプロフや画像は初期設定のまま変えられておらず、フォロワーはゼロ。フォローしている人物も、俺だけというシンプルなアカウントだった。

アカウント名がAだからって、葵だとは限らない。それなのに、どうしてか気になる。

この四年、どこかで葵とのつながりを期待していたから。

葵……。

俺は今でも、おまえが好きだ。

この気持ちはなにひとつ変わっていない。

葵が望むならと別れを受け入れたけど、どうすれば忘れられる？

会いたい。何度そう願ったかはわからない。そのたびに葵の悲しげな顔を思い出して、苦しくなった。

もう四年も経つのに、忘れるどころか日に日に会いたい気持ちが強くなっていく。

この手で強く抱きしめたいと、何度夢見たことか。

まだ諦めたくねーよ……。

せめてもう一度、もう一度だけ――会いたい。

そう思ってもなす術なんてない。

連絡先も知らなければアメリカでの転院先もわからない。なんの接点もなかった空白の四年間は、あまりにも大きすぎる。

それでも諦められない気持ちとが反発し合い、心の中はぐちゃぐちゃだ。

「会いたいんだろ？　葵ちゃんに」

「…………」

「正直になれよ」

「会いたいよ」

胸の奥底からふつふつとこみあげる葵への気持ちを、我慢できそうにない。

「じゃあ会いに行け。幸いにも今は夏休みだし、全力でなにかするのも悪くないんじゃねーの？」

「簡単に言うなよ」

俺だって、会えるなら会いたい。

「いつまでもこのままじゃ、おまえも前に進めないだろ。二十歳になるんだし、けじめつけろよ」

翔の言葉が胸をえぐった。

俺たちは今年二十歳になる。

「おまえも俺も、もう子どもじゃなくなるんだよ。いつまでもそんなんじゃダメだろ」

なんだよ、急に真面目になりやがって。翔らしくねーんだよ。

反論しそうになったけど言葉が出てこない。なにもかも翔の言う通りで、今の俺はただ真実を知るのが怖いだけの臆病者だからだ。

ドナーが見つかったのかも、生きているのかもわからず、怖くて確かめることもできなかった。

いいかげんきちんと向き合わなきゃいけないのかもしれない。

次の日、俺は葵が入院していた病院へ出向いた。

午前の診察が終わったのは午後二時をすぎてからで、最後の患者が出ていったのを見計らい、診察室のドアをノックした。

「失礼します」

「あら、まだ患者さんいたの？」

背もたれのある椅子にゆったりと腰かけた中年の女医が、目を丸くする。

「あれ、きみ、確かどこかで」

「鳳です。鳳咲です。突然すみません。先生に聞きたいことがあってきました」

「鳳、くん？　って、まさか、葵ちゃんの？」

「そうです」

「…………」

大きな病院だ。プライバシーはしっかり守られるだろう。それでも葵の手がかりになるようなことがあれば、どんな小さなことでもいいので教えてほしかった。

「葵は無事なんですか？」

「ごめんなさい。守秘義務があるから答えられないの」

「俺も今医大に通ってるんで、それはわかってます。それでも葵のことが知りたい。お願いします、教えてくださいっ！」

直角に近い勢いで頭を下げた。

なりふりなんてかまっていられず、ただ葵のことが知りたい一心だった。

先生の返事は変わらず「答えられない」の一点張りで、思った通りの反応だった。

そりゃそうだよな、個人情報をもらしたとなると、それこそ問題だ。

だけど俺だってすぐには諦められない。

「また来たの？」

「教えてくれるまで何度だって来ます。先生しか頼れる人はいないんで」

「あのねぇ、何度来たって答えは同じ。個人情報は教えられないの」

先生の目が切なげに伏せられた。

「あなたはそれを承知で私に会いに来ているのよね。それもわかってる。だけど、ごめんなさい。葵ちゃんからも口止めされているの」

「え？」

「あなたが会いに来ても、なにも言わないでってね。鳳くんのことを想ってのことだと思う。いつまでも自分に囚われないで、幸せになってほしいと願ってるのよ」

「……っ」

そんな、まさか葵が……。

俺が先生のもとに来るのを予測して釘を刺していたなんて。

「もう忘れなさい。葵ちゃんのことを想うなら、それが一番よ」

そう言われて忘れられるなら、とっくにそうしてる。

忘れられないから、こうやって来てるんだ。

ずっしりと鉛のように重い心を抱えたまま帰宅する。そして何気なくＳＮＳを開いた。

違うって何度も自分に言い聞かせた。それでも気になって、Ａのアカウントをちらちら覗く毎日。

自分からの発信はなにもなく、ただ俺の動画に対して反応しているだけ。

なぁ、おまえは葵なの……？

違ったら違ったで謝ればすむ話だ。

俺は個人メッセージをやり取りするボタンを無意識に押していた。

〝好き〟以外、見つからない。

〝神楽葵さんのアカウントではないでしょうか？　違ってたら、すみません。〟

そんなメッセージが届いたのは三日前のことだった。

なんともていねいな言葉で昔の彼からは考えられない。それだけ大人になったという証拠。四年という年月は、私たちの心と身体、そして思考を大人にした。

十九歳。来月二十歳になる私は、アメリカの病院に入院して治療を受けた。

症状に対しての治療だけで、移植手術はまだだ。だけど来月二十歳の誕生日を迎える前に受けられることが決まった。

本当はめちゃくちゃ怖い。

成功確率五十パーセントだって。手術中に亡くなることもあるらしい。

「葵、そんなに気負わないで！　大丈夫よ！　この私が執刀するんだから！」

主治医の先生はとても気さくな人で、日本から来た私にもフレンドリーに接してくれる。

入院生活四年目の夏、アメリカでの暮らしにもずいぶん慣れた。

だけど、咲がいない現実にはまだ慣れない。

ずっと私の心に棲《す》みついて、ふとしたときに浮かんでくる。

今でも褪せることなく、色濃く残るたくさんの思い出たち。咲との日々があったから、今の私がいる。

会わなくなればすぐに忘れられると思った。

それなのにダメだね。

未練がましくSNSを覗いて、咲の歌声を聴く毎日。わざとらしいAというアカウントを作ってフォローまでした。

たくさんのフォロワーがいる中で、目立たないようにコメントも控えめにしていたのに……。

どうして？

メッセージがきたとき、一番に感じたのは戸惑いでも拒絶でもなく、うれしいという気持ちだった。

咲の幸せを願って別れたのに、自分の身勝手さに涙が出てくる。

――コンコン。

部屋がノックされて私は慌てて涙をぬぐった。

「葵、入るよ」

仕事を終えたお父さんは毎日お見舞いに来てくれる。とくになにをするでもないけど、今日あった出来事を話して一時間くらいで帰るそんな毎日。

「ねぇ、お父さん。どうしてお母さんと結婚したの？」

「え？」

お父さんにお母さんのことを聞くのは初めてだった。でも私はどうしても知りたかった。

「だってお母さんは心臓病だったんでしょ？　今の私みたいに重症で、死ぬかもしれないって知ってたんだよね？　それなのに、なんでお母さんと結婚したの？」

きっとツラかったよね、お父さん。

「なんでって、それはやっぱりあれだよ」

お父さんは歯切れ悪く言い、なかなか次の言葉を言おうとしない。

「お母さんを愛してたからだ」

「愛……」

「今の葵とお母さんはそっくりだ。お父さんはお母さんに何度もふられて、そのたびに追いかけて気持ちを伝えたんだ」

「え……？　お父さん、ふられたの？　何回も？」

だけどお母さんの気持ちが、今の私には痛いほどわかる。きっとお父さんにツラい思いをしてほしくなかったんだよね。

　自分以外の誰かと幸せになってほしかったんだ。

「ふられたよ、何回も。でもきっと、葵と同じ気持ちだったんだろうな」

「お父さん……」

「だから、お父さんは鳳くんの気持ちがすごくよくわかるんだ。まるで自分を見てるみたいだからね。四年前も、つい彼の味方をしてしまった」

　お父さん……。

「離れることが必ずしも幸せだとは限らない。お父さんはお母さん以外の人と一緒になる気も、幸せになれる気もしなかった。お母さんと一緒にいることが、お父さんにとっての幸せだったんだよ」

　お父さんの目が潤んでいた。

　それを見て私も切なくなる。

　離れることが必ずしも幸せだとは限らない……か。

「鳳くんの味方をするわけじゃないけど、お父さんは葵には幸せになってほしいと思ってる」

「………」

　お父さんの気持ちが痛いほど伝わってきて胸が痛かった。

　私の選択は間違っていたのかな。もっと話し合えば良かった？

だけどあのときの私には『待ってて』なんて言えなかった。

メッセージを眺めるだけで、返信できない日々が続いた。

咲からのメッセージは、それ以降はない。

SNSの更新もストップしたままだ。

過去にアップされた動画を観ながら、咲の歌声に耳を澄ませる。

動画の配信以外でのつぶやきはないため、現在の咲の私生活まではわからない。

でも動画で姿を見るたびに、ますます咲を好きになった。

今は大学生のはず……どんな道に進んでいるのかな。

咲に会いたいという想いが日々強くなる。

返信しようか迷っていたそんなある日、咲から個人的に一件の動画が届いた。

【人気Vチューバーのチャンネルに出演したときの動画です。俺のSNSでは配信していないので、観てないようであればぜひ！】

そんなメッセージが添えられていて、私は迷わずその動画を開いた。

『現役医大生ってすごいね。医学部にいこうと思ったきっかけはなんだったの？』

『好きな子が病気だったんです。俺、そのときなにもしてやれなくて。医学部にいって少しでも理解したかった。力になれなかった自分が不甲斐なくて、情けなくて。そんなところですかね』

咲……。

『きみ、女の子から人気あるのに、そんなこと言っちゃって大丈夫？』

『問題ないですよ。人気者になりたいって気はないんで』

『その子は幸せだろうね。そんなにも想われて』

『どうですかね。ふられたんで、そこんとこはよくわかんないですけど……』

悲しげな咲の表情は、最後に見たときと同じだった。

幸せになったんじゃないの……？

どうしてそんな顔で笑ってるの。

『鳳くんが配信を続ける理由は？　人気のためじゃないなら、ほかになにかあるんだよね？』

『俺の歌声をほめてくれた大切な子がいたからです。元気が出るって言ってました。その子に元気でい続けてほしいから、俺の存在を忘れないでほしいから……です』

「……っ」

どうして私のために……。

忘れるわけない。忘れられるわけないじゃん。

今でもこんなに、咲の歌声に心が震える。きみを想うと、こんなにも胸が締めつけられて苦しいのに。

四年間、隠して消そうとした気持ちが一気に爆発した。ブワッと涙があふれて、涙の粒が頬へと流れる。

「ふっ、うっ……」

咲、やっぱりきみのことが忘れられない。大好きだよ。

でも、一度傷つけてしまったから、今の私にはどうすればいいかわからない。

だけど……大好き。

この気持ちはずっと前から、離れてもなお変わらない。

どうやっても忘れられなかった。そして、これからもきっと、忘れることなんてできない。


その日は久しぶりになかなか寝つけなかった。

メッセージの返信ができないまま、気づけば移植手術の日が一週間後に迫っていた。

あれから一度も咲からのメッセージはない。なければないで、ホッとした。これ以上かき乱さないでほしい。

穏やかに手術に臨みたいんだ。

それなのに……。

メッセージがくることを期待してる私がどこかにいる。未練がましいったらないよね。

忘れようとすればするほど、どんどん忘れられなくなっていく。

今でも胸の大半を咲がうめ尽くしているなんて。

いよいよ手術が明日に迫った日の夜、お父さんがお見舞いに現れた。

「黙っていようと思ったんだけど」

そんなふうに切り出して、言葉をためるお父さん。

「なに?」

「日本の先生から連絡があって、毎日のように鳳くんが病院を訪ねてくるそうなんだ」

「え……?」

「葵のことを気にしているらしい」

「ウソ……」

「葵のことを本気で大切に思ってるんだろうな」

「………」

やめてよ、また心がかき乱される。

「お、父さん……わた、し、いいのかな?」

「葵がしたいようにするといい。鳳くんも、それを望んでるんじゃないか?」

詳しく説明しなくても、お父さんは私の言いたいことを察して返事をしてくれた。

同じ経験をしたからこそ、私にそう言うんだろう。あくまでも咲の味方というわけだ。

胸にくすぶる咲への想いを我慢できない。

だけどわざわざ不安にさせるようなこともないかな。

もし、手術が終わって無事だったら——迷わず気持ちを伝えよう。

そう心に誓って、私はそっと目を閉じた。


〜咲ｓｉｄｅ〜


「はぁはぁ……！」

初めての場所に、初めての国。迷いながらも、空港から病院へと直行した。

慣れない英語でたどたどしく受付でたずねると、なんとか通じたらしく病室へと案内された。

「葵……！」

バンッ！

ドアを開けるとそこに葵の姿はなかった。

「鳳くん、これはこれは。よく来てくれたね」

「すみません、俺。こんな、いきなり……はぁっ」

　はぁはぁと息を切らしながら返事をする。正直飛行機でもあまり眠れなくてヘトヘトだった。

「謝らなくていい。葵は手術中だよ」

「あ、そうですか……っ」

「とりあえず入って、こっちに座りなさい」

「失礼、します」

　葵にたどり着いたという安堵から、崩れ落ちるようにしてパイプ椅子に腰かけた。

「あの、こないだはどうも」

「さて、なんのことかな？」

　とぼけていても目は真剣。俺のことを考えてくれたのは、ほかでもないこの人だ。

　毎日病院を訪ねていたある日、しびれを切らしたのか先生はようやく葵のことを教えてくれた。

『いいわ、親御さんから許可が出たから』

　許可を出してくれたのは、葵の父親だ。

　もう遠慮はしない。迷わない。葵を手放してたまるか。何年経っても、葵への気持ちは変わらなかった。

だったらさ、そばにいるしかないじゃん。たとえ葵が俺のことを好きじゃなかったとしても、もう一度好きになってもらえるようにがんばればいいだけだ。

手放すくらいなら、何度でもぶつかる。

手の届く距離に来たんだ。

ツラい思いは二度とさせない。今度はもっと、きっと寄り添えるはず。

「俺、葵のことが真剣に好きです。今日までずっと忘れられませんでした。だから、すみません。目覚めたら一番に気持ちを伝えます」

そう宣言してから、さらに深く頭を下げた。

認めてもらえないかもしれないけど、それでもいい。時間はたっぷりあるんだ。

葵は必ず目覚める。手術は成功する。

「鳳くん、ありがとう。葵もきっと、喜ぶよ」

父親はそっと涙をぬぐった。

もう逃げない。好きだと伝える。

だから無事に戻ってこい。

俺は手術の成功を心から願った。

〜葵side〜

――ピッピッピッピッ。
どこかから聞こえる電子音。
まどろみの中、意識がだんだんと戻ってきた。
精いっぱい目を開けようとしてみても、うっすらとしか開かない。
視界がボヤけて、ここがどこなのかわからなくなった。
たしか私は……移植手術を受けたはず。
「葵!?」
そばで声がしたので目をそっちに動かしてみる。
誰……?
わからない。
まぶしくて視界がかすむ。
「葵……!」
懐かしい声が聞こえた気がした。
ううん、まさか。
こんなところに咲がいるわけない。

「大丈夫か？　おい、しっかりしろ！」

下がりそうになる重いまぶたを、なんとかもち上げる。

夢でも見てるのかな。幻聴まで聞こえるなんて。どれだけ咲のことが好きなの。

それ以前に、私、死んじゃったのかな……？

ふわふわした感覚は、まるで夢の中のよう。

「葵……俺だよ、俺！」

「さ、く……？」

声にならない声が出た。

「そう、俺だ」

そう言いながらかすかに右手にふれる手の感触。指をギュッと絡め取られて、やけにリアルな触り心地にハッとした。

夢じゃ、ない……？

「手術は成功したよ」

「え……」

「良かった、無事で」

身体がものすごく動かしにくい。硬いベッドの質感も、うっすら映る天井の模様も全部、見覚えがある。

私、生きてるの……？

手術は成功したって、それって死なずにすんだってこと……？

「生きて、る……？」

「ああ、生きてるよ。葵は生きてる」

「そう……良かった」

生きてるんだ。

その事実がうれしくて胸が震える。自然と目から涙がこぼれた。

こんなにうれしかったことはない。命があることが、こんなに幸せだなんて。

「でも、咲がいるわけ、ないよね……」

頭が混乱してごっちゃになってるんだ。

「葵、こっち見て」

夢、だよね……？

だって、そうでしょ？

「葵」

頬に手が添えられて、ゆっくり横を向かされた。

「ウソ……」

どうして咲がここにいるの……？

「ずっと諦められなかった。好きだ、おまえのことが」

「さ、く……っ」

「葵が俺を好きじゃなくても、俺の気持ちはやっぱり……」

涙が我慢できなくて次から次へとこぼれ落ちる。

「何年経っても〝好き〟以外、見つからないんだよ。だから、今度こそ葵のそばにいさせてほしい」

「……っ」

四年前と少しも変わらない咲の想いを聞いて、〝待たないで〟なんて言った私が、間違っていたのかなって思わされた。

「俺の幸せは葵のそばにいることなんだ」

「わ、私も……」

我慢できずに自然と言葉が漏れた。

「咲が、好き……っずっと、忘れられなかった……っ」

絡まった指先に力を込める。これが今私にできる精いっぱい。目覚めたら、気持ちを伝えようと決めていた。

目の前にいてビックリしたけど、やっぱり好きだなって、咲じゃなきゃダメだなって思わされた。

「好き……咲が好き。ずっとそばにいたいよ」

私も咲と同じ。どれだけ忘れようとしてみても、どんなに考えないようにしてみても。

いつまで経っても――。

〝好き〟以外、見つからなかった。

だから、もう二度と今度こそ、つながったこの手を離したくはない。

咲との未来を信じたいんだ。

「葵。俺、二度と離す気ないから――」

「うん……」

「永遠に俺のそばにいて？」

耳もとで甘く優しくささやく声に、胸の奥底が大きくうずいた。

これからも、当たり前のように咲が隣にいてくれる幸せな日々がずっと続いていけばいい。

そんな願いを込めて、私はゆっくりうなずいた。

これからは信じた未来を、咲と一緒に歩いていこう。

なにがあっても私たちならきっと大丈夫。

ねぇ、咲。

きみへの思いは、『好き』以外見つからないよ。
これまでも、これからも、ずっとずっと大好きだよ。

Fin.

あとがき

こんにちは、本作を最後まで読んでくださってありがとうございます。

このお話は数年前に単行本として書籍化したものを、この度新たに文庫化させていただいたものになります。

より多くの方々にお届けすることができ、とても嬉しく思っています。

焦れったくも初々しいふたりの恋物語はいかがでしたか？

私は看護師をしていることもあって、病気を題材にした物語を書かせていただく機会がとても多いです。その中でもこのお話はとても思い入れが深く、ヒーロー、ヒロインを幸せにしてあげたいから最後まで書ききらなきゃ！　そうやってモチベーションを高めながら書き上げました。

ふたりに感情移入しながら書くのはとても楽しかったです。

もちろん悲しい部分もたくさんあるのですが、そんなシーンでは胸を痛めながら執筆しました。

ふたりが幸せになってくれて、ホッとしたのを今でも覚えています。

私自身ドキドキしたり、焦れったさを感じたり、時々涙したりしながら気持ちを込めて書いたので、読者の皆さまにもいろんな感情で読んでいただけていたら幸いです。

そしてこの作品が皆さまに病気や命について、考えるきっかけとなってくださっていればいいなと思います。

最後になりましたが、長編にも関わらず最後まで読んでいただき、本当にありがとうございました。まだまだ未熟な私の作品を手に取ってくださったすべての読者さまに、心より感謝申し上げます。

miNato

この物語はフィクションです。実在の人物、団体等とは一切関係がありません。
本作は二〇二〇年一一月に小社・単行本『一生に一度の「好き」を、全部きみに。』
として刊行されたものに、一部加筆・修正したものです。

miNato先生へのファンレターのあて先
〒104-0031　東京都中央区京橋1-3-1　八重洲口大栄ビル7F
スターツ出版（株）書籍編集部 気付
miNato先生

一生に一度の「好き」を、永遠に君へ。

2024年7月28日　初版第１刷発行

著　者　miNato　

発 行 人　菊地修一
デザイン　フォーマット　西村弘美
カバー　齋藤知恵子
発 行 所　スターツ出版株式会社
〒104-0031
東京都中央区京橋1-3-1　八重洲口大栄ビル7F
TEL　03-6202-0386（出版マーケティンググループ）
TEL　050-5538-5679（書店様向けご注文専用ダイヤル）
URL　https://starts-pub.jp/
印 刷 所　大日本印刷株式会社

Printed in Japan

ISBN　978-4-8137-1612-9　C0193